後藤愛依梨
GOTO AIRI
吉田的上司兼
長年單戀對象。

「……有讓你感到心動嗎？」
沙優
SAYU
回到東京的
女大學生。
曾被吉田收留
而住在一起。

那非常、非常難受。
可以痛切地體認到自己果然是戀愛了，
聲稱失去也無所謂，根本是在逞強。多希望他做出抉擇。

contents

刮掉鬍子的我與撿到的女高中生

Another side story 後藤愛依梨

（下）

しめさば

插畫／ぶーた

Kadokawa Fantastic Novels

幕間

真正想要的就得不到。

我活到現在一直都那麼認為。

然而，或許並不是那樣。假如真心想要，或許願望起碼也會實現一次。

觀念終於有了如此的轉變，我的心卻還在搖擺。

他的心裡，有個獨一無二的存在。

他說那並不算戀情。不過，我認為那是愛。

我要怎麼做，才能贏過他愛在心裡的那個女孩呢？假使我贏了，真能覺得自己贏了嗎？根本的問題在於……贏了也無妨嗎？

我總是拿不出答案。

而且，在依舊無解的情況下，時光的洪流……又讓我被吞沒於其中。

＊

與後藤小姐的關係正逐漸有進展時，沙優出現了。看她變得比以前還要成熟一點，我感到欣慰。

而且，在欣慰的同時……也有種難以言喻的安心感。

那就像與長年沒見的家人圍坐於餐桌……生活中欠缺的一塊拼圖——以前視為理所當然的事物——兜攏了，有這樣的感覺。

成為社會人以後，我第一次對「外人」產生這種情緒。

沒錯……沙優是外人。

明明如此，當下，我卻區分不了。

既不是家人，也不是女友。這樣的話……對我來說，沙優是什麼呢？

我喜歡的，到底是後藤小姐。我由衷希望與她修成正果。

可是，感覺上……她正在凝視我心中的「沙優」。而且心懷恐懼。

對於這一切……我肯定得做出了斷才行。

為的，無非就是要替自己的人生，拓出道路。

第1話　再會

「怎樣?你有沒有嚇到?」

某天回家途中,我跟「那時候」一樣在電線桿底下與沙優重逢了。而且,當我們倆於交談間到家後……促成這段重逢的結城麻美就滿臉得意地出來迎接了。

「那還用問嗎……當然是嚇了一跳。」

我一邊脫鞋一邊老實回答,麻美便狀甚滿意地連連點頭。

「幫你們安排算是值得了呢~如往常般回家!途中就發生了戲劇性的重逢!是不是有點讓你揪心?」

「難說。」

「害羞起來了耶,你喔~」

與其說揪心,我覺得形容成感動比較正確才含糊其辭,麻美卻好像做了有利自己的解讀。

回頭一望,沙優正交互看著我與麻美,杵在玄關不動。

「……怎麼了嗎？」

我問道，她便回神似的脫起鞋。

「啊，沒有……該怎麼說呢？吉田先生的家，讓我覺得相當久違。」

沙優將脫下的鞋子整齊併攏後，接著又將視線轉向了麻美。

「總覺得，當我不在的期間，你們兩個依然在這裡累積相處的時間呢～」

沙優這麼一說，麻美臉上就顯而易見地失去了血色。

「啊，不是啦！我們沒有亂來，所以不用擔心喔！妳想嘛，怎麼說好呢……這房間對我來說就像避難處吧？我只是在父母吵架時，或者想專心用功時才來待一下而已！」

看麻美用驚人的聲量及語速辯解，我跟沙優幾乎同時噗哧笑了出來。

「沒事沒事，我又不是在怪妳，再說我根本沒有那種權利啊。」

沙優嘻嘻地笑著搖頭。

「只是覺得有點羨慕呢～就這樣而已。」

「對不起啦～」

麻美半哭半求地抱住了沙優。

我望著感情良好的她們倆，心裡有些驚訝。

在我印象中的沙優，感覺並不會主動用「羨慕」這種直接的形容詞。沙優離開東京以後，跟她仍保持交友關係的麻美似乎毫無芥蒂地接納了，我卻很快就產生錯愕感。是的。沙優已經開始走在自己的人生路上。她不為我所知的一面，應該多得是吧。當驚訝的情緒平復後，欣慰陣陣湧現。

「在高中，妳過得怎樣？」

而且，我想要了解。

沙優「重新來過」的高中生活，過得究竟如何。

「好好好，別急別急！時間夠你們聊的。啊，沙優妹仔，妳要喝茶嗎？」

麻美理所當然似的打開我的冰箱，然後拿起我買的烏龍茶往杯子倒。

我一邊側眼看著沙優略顯無所適從地坐到矮桌前，一邊從衣櫥拿了家居服往更衣間走去。

趕快換上讓人自在的衣服，我想聽沙優談她的事情。

「然後呢然後呢？所以妳跟那個男生有進展了？」

麻美一邊亮著眼睛，一邊急得從桌前挺身追問。

「唔～我分不出來耶……說有的話算有，說沒有的話好像也算沒有。」

沙優狀似有些困擾地笑著答話。然後，她瞥向我這邊。一瞬間，我不由得轉開了目光。

回高中念書的沙優過得怎樣？話題是如此起頭的，不過年輕女孩說來似乎都這樣，麻美感興趣的話題傾向於男女感情方面。目前聊得正熱絡的是「沙優跟新學期開始分到鄰座的男生」之間的二三事。

想聽高中戀愛情事的麻美讓沙優有些羞澀地顯露難色，麻美卻高聲拗到底說：「因為妳一定很有異性緣的嘛，沙優妹仔！」

關於那部分，我也同意。長相端正，有股成熟感，而且溫柔和善。還有這點我絕對不會說出口，但是對年輕男生而言，沙優那副好身材想必難以招架。說穿了，從男生的立場來看，沙優身上全都是吃香的要素。

「咦～妳那是什麼吊胃口的態度！說得具體一點啦。」

麻美莫名激動。聽起來好像有點刻意，大概是我的心理作用吧。

沙優被麻美催促著繼續說下去。閨蜜倆聊得正歡，我聽著便有種不可思議的情緒。

我本來就認為，只要沙優回歸高中生活，會有花邊消息也是當然的吧。畢竟那是我對沙優的期待，也希望她經歷合乎年齡的戀愛後能夠長大。

然而，這種像是有魚刺哽在喉嚨裡的「異樣感」，說穿了，可以歸結於一個疑問。

我指的是，假如沙優在高中生活的戀愛修成了正果，就不會像這樣再次出現於我的面前吧？

「欸，沙優。」

原本我都靜靜地聽著，卻忍不住開了口。

「妳為什麼……會回來東京？」

我一問，房裡便鴉雀無聲。沙優倒抽一口氣似的凝視我，麻美則是用沒好氣的眼神看了過來。

「這……」

沙優的視線左右游移，然後說道：

「當然是因為，我考上了東京的大學啊。」

這次，換成我對沙優的答覆語塞了。

考上大學。

從沙優口中聽見那句話，讓我有種無法言喻的亢奮感。

「是、是嗎……讀大學啊……」

沙優會重念高中，這自然是早就知道的，我卻沒有明確思考過她在之後將會如何。

差點高中輟學的她重拾學業，並且達到了錄取大學這一步。她開始自食其力，爬上長大成人的階梯了。

「恭喜。」

由衷之言脫口而出。

「謝謝。」

沙優也有些羞赧地笑了。

然而，一旁的麻美卻顯得不太心服地嘆了氣。

「怎樣啦，這應該是喜歡吧。」

「話是那麼說沒錯～……」

麻美刻意噘起嘴唇望向沙優。沙優察覺到那陣視線，卻又敷衍似的苦笑。

感覺有弦外之音，不過，我現在更想為沙優順利考上大學這件事慶幸。

而且……即使考量到以前被沙優告白過，我仍對自我意識過剩的自己覺得羞恥。

這表示沙優對自己的人生做出選擇，回到了東京。來跟我打照面純屬順便。

可以感覺到，先前一直懷在心裡的焦慮感已急遽消退。我想，這樣總算能放心聽她講話了。

我跟麻美兩個人聽著沙優談高中的遭遇及北海道生活，夜漸漸深邃。轉眼間就過了幾小時，然而看著過了晚上十點仍在歡談的兩人，我重新體認到「已經不是高中生了

呢」這種理所當然的事。

儘管我想一直聽沙優談下去，但現在總不能讓她留宿。

過了晚上十一點之後，現場便決定解散。

我本來想先送麻美回家，她卻堅稱：「又不是小朋友，這點距離沒關係啦！」然後嚴厲要求我送沙優回去。我當然從一開始就打著送麻美回家後也送沙優回去的主意，被她這樣悍然拒絕便無法多說什麼。如麻美說的，她已經不是小孩了。

我跟沙優並肩走在通往車站的路上。

在寧靜的住宅區裡，只有我們倆的腳步聲聽起來格外大聲。

總覺得……

「說來感覺怪怪的耶。」

沙優嘻嘻一笑，然後這麼說道。

「要從吉田先生住的地方『回家』。」

我也露出苦笑，並且對沙優說的話點頭。

「剛才……我也有同樣的想法。」

據說，沙優目前是在東京一個人住。離我住的地區還算有距離，不過搭電車大約花四十分鐘就可以到。時間已經過晚上十一點了，等她到家應該是午夜零點後吧。

「回程要小心喔。」

「唉唷，老是把我當小孩。」

「這跟大人或小孩沒關係吧，會擔心的就會擔心。」

「真愛操心耶……不過，謝謝你。」

沙優笑得有些害羞。

像這種讓人覺得可愛的部分，完全無異於那段時日。

我們一邊閒聊一邊走，車站轉眼間就到了。

「那麼，吉田先生……再見。」

「啊……再、再見。」

沙優揮了揮手，然後頭也不回地從驗票閘通過。

我目送她直到看不見背影，跟著也旋踵離去。

這麼說來……我「目送」沙優的經驗，想來好像就只有她回北海道那次。

那時候，我認為不會再見到她了。

可是……

我在心裡反覆玩味沙優的那句「再見」。

並沒有住同一個家，也沒有在相同公司工作……而是以普通朋友的立場，我們可以

「再見」。

用如此稀鬆平常的話語道別，讓我產生了一股連自己也無法分類的奇妙情緒。

第2話 異樣感

儘管發生了沙優回來的突發狀況，生活仍一如往常持續。

沙優的將來固然令我在意，動身前往公司後，我的腦子裡還是開始整理今天的工作排程，理完頭緒以後……

我思索起後藤小姐的事。

如她的料想，沙優回到東京了……可是，坦白講我不認為自己跟後藤小姐之間會有什麼改變。

話雖如此，對後藤小姐隱瞞沙優已經實際來到東京一事，我也會覺得不舒坦，因此心情上是希望盡早告訴她。

走進辦公室，我跟平時一樣說了聲「早安」問候。當我稍嫌緊張地望向後藤小姐的辦公桌那邊，就跟她目光交接了。

……然而，後藤小姐卻立刻主動轉開視線。換成平時，她都會微微一笑揮手或者致意回應，瀰漫的氣氛讓我覺得有幾分見外。

「……？」

要說「她在躲我」感覺還早，胸口卻好像有股刺痛的異樣感。

話雖如此，先上班才行。最近我有自己的專案及三島主導的專案兩頭在忙，工作時要是不考量效率就會讓加班時間增加。

為了切換心情，我做過深呼吸之後才面對自己的辦公桌，並且將電腦開機。我一面等待電腦啟動，一面靠類比形式提供產出——換句話說，就是過目紙本資料——這是我開工的固定步驟。

「早安。」

幾分鐘後，三島進了辦公室。

「啊，三島。可不可以占用妳一點時間？」

「什麼事？」

「啊，不要緊，我去妳那邊。」

三島連行李都還沒有放就打算來我的辦公桌，我便開口制止並且帶著資料走到她的辦公桌。

「關於這項作業，能不能延得比預排的晚一天……？不好意思，我這邊的專案出了預料外的退件，得先處理那個才行。」

「啊～……吉田先生，畢竟你那邊的客戶好像要求滿刁的。」

三島「唔～」地嘟噥著啟動了自己的電腦。

「請等一下，我要將表單開出來確認……」

「好，麻煩妳。」

我看著三島俐落地一邊掏出行李，一邊等電腦開機，就覺得她身為員工真的變得比剛到任時可靠多了。

倒不如說，我甚至懷念起她當初將全副心力投注於「要如何偷懶」的時期了。

忽然間，我感受到有視線。

抬起臉望去，就看見後藤小姐正好倏地從我這邊將目光轉開。

後藤小姐一邊挪動滑鼠，一邊盯著螢幕，彷彿根本沒有注意過我這邊。

「啊～……原本就有預劃兩三天的緩衝期……說起來我自己其實也忘記了……沒問題！」

「……」

「吉田先生？」

「嗯？妳說……」

「真是，請好好聽別人講話。我是說，晚一天沒有問題。」

「啊，抱歉。剛才我有點恍神……我明白了，謝謝。」

三島看我連忙點頭，就沒好氣地瞪了過來，瞪完還瞄了瞄後藤小姐那邊。

接著，她細聲對我耳語。

「怎麼了？又鬧什麼憋扭？」

「啥？妳在講什麼？」

「我是說你跟後藤小姐啦……！吉田先生，你居然會一大早就恍神，肯定跟那個人有關係吧。」

「呃，不是，我們沒發生什麼……」

「呼嗯……」

三島仍用有所狐疑的視線朝著我這裡，微微嘆氣後，她噘起了嘴唇。

「算了，無所謂，請你要專心工作。」

「……沒想到居然會有被妳提醒的一天。」

「哼哼，這都是拜『嚴格的前輩』所賜啊？」

三島說著便咧嘴一笑，然後就轉身重新面對自己的辦公桌了。

我嘆了氣，跟著也回到辦公桌。

被後進員工提醒可真丟臉。後藤小姐的事情固然令人在意……當下，我暫且將心思切回工作上頭了。

「挨罵嘍。」

回到辦公桌，不知不覺間已經來上班的橋本便開口消遣我。

「少煩。」

「你跟後藤小姐發生什麼了嗎？」

「……講來講去又是這個！」

「有什麼辦法，誰教你們倆都很容易懂……」

「啥都沒有啦。啥都沒發生，所以……」

「所以？」

「……天曉得。工作啦，工作。」

我開口將話題打斷，橋本就聳了聳肩，沒再多問些什麼。

沒錯，理應沒發生過什麼特別的事。

明明如此，態度突然像這樣轉變的後藤小姐讓我感到困惑。

果然，女性對我來說太難理解了……

於是我發現，思考的資源又因為後藤小姐遭到剝奪，便猛拍自己的臉頰，並且面對電腦。

從旁傳來了橋本忍俊不住的笑聲。

結果，午休時間也沒能如願跟後藤小姐講話。

將工作告一段落的我抬起臉，隨即發現後藤小姐已經從辦公室消失蹤影。跟橋本一起去餐廳以後，在那裡卻也找不到後藤小姐的蹤影。

「她是不是在躲我？」的疑心念頭變得更大了。

午休結束，下午我仍然專心一意地工作。老實說，唯獨心裡像這樣有疙瘩的時候，我會覺得工作量越龐大越好。畢竟連多想都沒空。

排程上的工作做完一件又冒出另一件，我像在敲達摩塔一樣逐項應付，轉眼之間就已經到了下班時間。

橋本拍拍我的肩膀說了聲「先走嘍」便從辦公室離去，側眼目送的我也剛好將工作完成一個段落，於是著手寫起業務日誌。

工作量依舊很多，加班的話隔天以後多少會輕鬆點……但最近我已經換下「以前」那一套心態，盡可能要求自己不加班。

專案主持者要是積極加班，專案成員礙於情面也不方便回家吧，而且「不用勉強就可以做完的工作量」也會因而變成一條模糊的底線。

幾年前的自己想不到這些……可是透過與沙優生活，我好像變得能意識到「自己的行動對他人影響匪淺」這一點。因為有拚勁，因為工作量多得要人命……用這種簡便的理由決定自己要怎麼做是很容易，但我認為起碼要懂得考量自己這麼做對他人會造成的影響才行。

雖然「寫業務日誌」已經變成了徒具形式的手續，但是從記錄本身工作進度的角度而言，即使能省略的就省略不寫，想記載得精確一些依然得花十分鐘左右。

換成平時，我會舒緩心情來寫日誌，好讓緊繃而專注於工作的身體獲得放鬆，只是今天就趕著想寫完。

理由很單純……在我慢條斯理處理這些時，後藤小姐就要下班回家去了。

當我火速動筆——卻也沒有輕忽怠慢——寫完日誌抬起臉以後，所幸後藤小姐仍在辦公桌前。非但如此，抬起臉的我還跟她視線碰個正著。

原本以為後藤小姐又會別開目光，但這次她淺淺一笑，站起身。接著，後藤小姐就快步走了過來。

「吉田，辛苦你了。」

「妳、妳也辛苦了……」

「之後有沒有時間？」

上午的態度搖身一變，後藤小姐找我講話的模樣就跟平常一樣。

「啊……好的，當然有。時間都空著。」

「是喔？太好了。你要下班了嗎？」

「對，碰巧我剛寫完日誌。」

「我明白了。那我們準備出公司吧。」

話說完，後藤小姐立刻走回自己的辦公桌。

我跟不上她的態度轉變，因而朝著她俐落地著手收拾回家的模樣望了一陣子。

彼此都準備好下班，我們便離開辦公室。

「平時的話……我會邀你一塊吃飯就是了。」

「這次不同？」

「嗯，今天嘛……我們去約個會吧。」

「約、約會是嗎……？」

「對。約會。」

後藤小姐在等電梯的時候這麼說完，就「一如往常」地微笑了。

我一邊側眼觀察那副表情，一邊對後藤小姐產生了難以言喻的異樣感。明明早上的模樣不對勁，現在卻一如往常到了詭異的地步。

我不免覺得那是刻意為之，內心反而鎮定不住了。

第3話 人事異動

「愛依梨，不好意思……可以在兩週後將妳調到仙台的分公司嗎？」

我在開工之前被董事長兼大學時期的朋友祠堂司叫去了。他像這樣找我過去並不算稀奇，因此我沒多做心理準備就到了董事長室，但是他那樣的一句話，卻讓我無法立刻出聲回應。

「……………咦，仙台……？」

這是我好不容易擠出的話。當下，我心裡非常混亂。

「對……姑且先聲明，這並不是將妳降職。仙台分公司要成立新的專案，我希望由妳過去監督。」

司用了一如往常的平靜口吻說明，儘管我的腦內能解讀當中語意，卻沒有辦法順利消化。

人事異動？為什麼會挑上我？在這種時間點？

照司的說法，能夠想像應該有非我不可的理由，但我一時間還是接受不了。

「希望妳等專案上軌道，也拉拔了能夠接棒的團隊領導再回來。」

「……為什麼會挑我去呢？」

「其他幹部，手邊都沒空啊。」

「我、我目前也有監督好幾項專案耶……？」

我爭辯似的回話，司就帶著曖昧的臉色點頭。

「我了解。不過呢，那些可以靠留在東京總公司的幹部支應。」

聽完彷彿事先準備好的答案，我只能語塞。

基本上……對於司託付的工作，我一直以來都是回答ＹＥＳ。以工作為第一優先，致力於其中的我從未顧及私生活。

如此的我，面對他的請託，斷無可能只用「我現在不想跟吉田分開」為由推辭。

「…………我明白了。兩週後對吧。」

「真的很抱歉。」

司鄭重地向我低頭，然後放鬆表情。

「不過，妳肯答應我就放心了。」

這句話肯定有犒勞之意吧，我卻不曉得如何回話，帶著客套的笑容致意後就離開了董事長室。

把門關上的同時，心頭有股緊揪的感覺。

……我的人生，為什麼總是這樣呢？

我才決定投注全力與吉田戀愛，就在這個時間點——雖然會拖得這麼晚也只能怪我自己——沙優回到東京來了，光是如此便有許多事情需要思索……好似落井下石，無從推辭的人事異動卻又這樣落到了頭上。

吉田與沙優留在東京，只有我跑去別的地方，這未免太狠了吧？

果然我談戀愛就是沒辦法修成正果的，對不對？這會不會是我的天命？

思路來到這裡以後，我逕自使勁搖了搖頭。

……首先，我應該打消這套想法。

事情發生了就沒有辦法。

這時候要是跟往常一樣自怨自艾地退縮，會辜負表示願意等我的吉田，也會辜負我自己下的決心。

要加油，後藤愛依梨。

儘管我這麼鼓舞自己……卻還是不曉得該怎麼辦才好。

即使說要加油，我得在哪一方面，用什麼方式加油？

當我不在的期間，明明東京會有沙優在……

我回想起，在那個放晴的假日，沙優拜訪了我的住處時所發生的事。

「請問妳過得好嗎？」

我跟站在公寓前的沙優一起散了步。

「好啊。沒多大改變。」

我如此回答，沙優就帶著純真的笑容說：「太好了。」

沙優穿的是白色薄料洋裝，還披了一件褐色針織外套。可愛的裝扮與年齡相符，卻又襯托出她原本就有的成熟氣質。

妝也化得自然，感覺比以前見面時還要「熟練」得多，渾然天成。

明明原本就夠可愛的了……現在又更加脫俗。我的嘴角不由得失守。這個女生讓我覺得太無懈可擊。

「沙優，妳呢？高中生活過得怎樣？」

我問道。而沙優苦笑著給出明確的答覆。

「啊哈哈……哎，雖然發生了許多事，還過得去。算是船到橋頭自然直吧。」

看在我眼裡，如此回話的她臉上，有股與那副苦笑相反的英凜。我想，這孩子肯定

還會不停地成長吧。

「雖然我曾一度逃避高中生活……一旦逃到不能再逃以後，就不會想逃了。」

「是嗎……妳變堅強了呢。」

「沒有，並不是那樣的……」

我接腔說的是真心話，沙優卻搖了頭。換氣以後，她說道：

「我覺得是因為知道了自己的脆弱，才變得釋懷一點而已。」

那句話，讓我一時間沒辦法立刻將吸的氣吐出。接著，在吐氣的同時，自嘲的笑意便隨之盈落。

「……妳啊，肯定比我成熟得多。」

「咦？呃，沒有那種事的，一點也不！」

「呵呵，看來我被妳高估了不少呢，沙優。」

沙優並不是因為謙虛才在慌張，這我也看得出來。假如說她真心認為我比較成熟，那就太看得起我了。

「難得有這種機會，要不要去咖啡廳？」

我一問道，沙優就抬眼望了過來。

「呃……不過我突然找上門，妳原本有沒有其他行程呢……？」

「沒有啊，我只想過要自己去逛街。現在呢，我更想跟妳聊聊天。不行嗎？」

「這樣的話，請務必讓我奉陪……！」

點頭如搗蒜的沙優很可愛，我不禁笑逐顏開。

明明把沙優認作情敵，卻難免還是會卸下心防，我想這到底是因為她天生有親和力吧。

走一小段路，就抵達了放假時我一個人溜達偶爾會光顧的某間咖啡廳。店裡充滿著老年男性把獨自開店當興趣的閑散氣息，即使是假日也不至於擁擠才對，如此估計的我來到這裡，便發現自己料得沒錯。

只有一桌坐了客人，看來我們可以自在地講話。

「點些什麼？」

接客的態度固然不像連鎖咖啡廳那麼殷勤，聲音卻有幾分人情味，來向我們點餐的是位站得直挺的老爺爺。

我點咖啡拿鐵，沙優則點了冰咖啡。

側眼看著老闆的背影走回櫃台後，我才開口。

「妳喝的東西也變成熟了呢。」

我說著玩的，沙優卻狀似害羞地笑著含糊回話：「嗯，還好啦……」

「在高中，有沒有交到朋友？」

「有的。雖然並不算多是就是了……！」

「我認為能交到一個就很夠了。」

「……是啊，我也那麼覺得。」

「考上大學了嗎？」

「是的，勉強考上了！」

「太好了。妳很努力呢。所以妳讀了兩年分的書吧？」

「呃……那是我自作自受。」

沙優談起近況始終謙虛。留級一年後復學，還能拚到錄取大學，我覺得她就算稍微沉浸在成就感裡也無妨。

聽她談高中的遭遇時，飲料很快就送來了。

沙優將吸管插進玻璃杯，啜飲了冰咖啡。我則對一瞬間抽搐的眉頭視而不見。差點上揚的嘴角也設法忍住了。

我喝了一口溫暖的咖啡拿鐵，然後將方糖——炫耀似的——當場加進去。瞥向沙優那邊，便發現她正默默盯著我攪拌杯裡。沙優察覺到我的視線，於是像小動物一樣無事可做地東張西望，然後又喝了一口冰咖啡。這次大概有憋住，就看不出臉色有什麼變化。

我樂於觀察沙優的舉動，便看出她的表情有了一些轉變。我也跟著靜靜地做好心理準備。

「後藤小姐。」

「什麼事？」

「……後來，妳跟吉田先生進展得怎麼樣？」

預料中的問題讓我一邊心想「來了嗎」，一邊瞇細眼睛。

我緩緩吸氣，然後回答：

「我表白心意了。」

這是事實。心意表達過了。只是，也可以說進展就這樣而已。

聽完我的回答，看得出沙優的臉色頓時黯淡下來。在她想像中的進展，肯定比實際發生的還遠吧。那是當然了。換成我在沙優的立場，想法應該也一樣。

「這樣啊……那麼——」

沙優把話截在這裡，後半句的內容卻不難想像。我搶在她重新開口前就當場搖了搖頭。

「我們還沒有開始交往。」

「咦？」

沙優狀似出乎意料地抬起臉。那副表情單純只表露了「嚇一跳」的情緒，絲毫沒有喜色。沒錯，我想起來了，她就是這樣的女孩。

我別無用意地拿湯匙攪拌著咖啡拿鐵說：

「因為我早就知道……妳會回來。」

我說的話，讓沙優一瞬間露出了困惑臉色，但她立刻有所領悟似的倒抽一口氣。接著，她反覆將嘴唇閉緊又張開，張開又閉緊。

「那……」

狀似總算選好了詞彙，沙優說道：

「意思是，妳在顧慮我嗎……？」

果然，她一臉凝重的臉色。倒不如說，那看起來也像「正在生氣」。我深深地覺得，這孩子真是成熟。一般來講，得知自己的意中人沒跟其他女性交往，先有的情緒要不就是鬆了口氣，要不就是感到欣喜才對吧？

「才不是顧慮喔。」

我明確地否認。因為我知道，不這麼做的話，我跟她都無法向前進。

「說來會有些冗長，妳願意聽嗎？關於妳回北海道以後的事。」

我如此問道，在這當中，間隔一次吸氣吐氣的遲疑。然而她立刻就神情嚴肅地點了點頭。

於是，我緩緩談起從沙優離開東京以後，自己與吉田有什麼進展。

我跟吉田慢慢拉近了距離。靠著神田與三島推波助瀾，還促成了我跟吉田一起去旅行。在那裡我辜負了他的期待。

再次表達心意之前……我向吉田提出了懇求，希望他重新審視「沙優」在自己心裡是什麼樣的存在。

所有過程，我都依序說了出來。

沙優一句話都沒有插嘴，只是認真聆聽，直到我說完為止。

「我只是希望……自己能夠從所有選項裡被選中。」

聽到我如此收尾，沙優緩緩地吐了氣。

接著，她慎選詞彙似的動了動目光，然後徐徐說道：

「後藤小姐……所以說，妳的想法是吉田先生有可能把我視為戀愛對象？」

那句話，還有那一雙直直望來的眼睛，讓我背後莫名冒了冷汗。

「對……不管怎樣，我認為對吉田來說，妳無疑是『特別的存在』。而且，在妳變得比以前更成熟的現在，那就算發展成戀愛也不奇怪，我是這麼想的。」

聽我掩飾心急似的這麼說完，沙優低聲回了一句：「是嗎？」然後，她用有些淡定的嗓音告訴我：

「從我的立場……會覺得那是不可能的。」

「咦？」

意外的話語讓我發出錯愕的聲音。

「後藤小姐……吉田先生看著的就只有妳喔。我懂，因為我跟他相處了半年以上的時間。」

「哪有……」

哪有那種事，我想這麼回話，跟沙優目光交接後卻不由得語塞。

看得出來，她說這些並不是為了安慰我。

「的確，吉田先生願意疼惜我。我喜歡過他那一點。但是……那種『願意疼惜』的心意，我認為跟交男女朋友是不一樣的。」

「妳說的，是你們當時的狀況。」

「沒錯，我說的是當時。不過後藤小姐，我又從吉田先生的生活中消失。而這段期間，是妳跟他在一起的吧。」

胃部有種發冷的感覺。

或許她並沒有那種意思，我卻冒出了被人斥責「這一年多來，妳都在做什麼？」的情緒。而且，被年幼的女生激出這種情緒，我便領悟到自己在精神上果然是稚嫩的。

「後藤小姐……妳非常溫柔。」

「……咦？」

「或許妳的用意並不是這樣。按照妳剛才對我說的，也許妳是害怕我跟吉田先生的關係，才會吐露這些。不，我想，有一半肯定是這樣的。但是——」

在沙優把話說出口的這段期間，她的視線一次也沒有挪開過。她朝著我凝望而來，彷彿要將我貫穿。

「除了那一半之外……我會覺得，妳是不是在顧慮我？肯定是的。」

「沒那種事……」

「妳知道我會像這樣回到東京，而且又不希望在那之前，自己以奪人所愛的形式把吉田先生搶走啊？妳害怕會親手了結我這段戀情，難道不是嗎？」

「…………」

我使勁咬緊了牙關。

像這樣讓人用言語明確說出來，也能讓我重新審視某些部分。

狀況……肯定正如她所說。

我放不下對吉田的男女之情，同時又對沙優懷有好感。我的心裡，肯定有某處是想在她面前故作成熟。

到頭來，我還是「欠缺勇氣」。那毀了我的一切。

而且……我心裡的那些部分，早就被她看穿了。

「後藤小姐，我不討厭像妳這樣的溫柔。但是……」

沙優在眼神裡使力，並且告訴我：

「請妳不要再這樣了。」

我隨之屏息。完全無法回嘴。

「我並不想干擾別人的人生。向許多人借到了助力，我好不容易才能振作，我只是想盡力過好這段從跌倒後站起來的人生。為此，我回到東京來了。」

我以為沙優會回來東京，是要跟吉田再見一面。不，實際上就是如此吧，我現在仍這麼想。

但是……我不免覺得，自己對於她這個人會不會也有些看得太輕？

考進東京的大學，還有與吉田見面，那都是沙優人生的一部分，並非全部。

她對「自己的人生」已經有了主見，而且勇於面對。

我冒出嘆息。

「妳……」

我小聲嘀咕，使得沙優偏了頭。

「什麼事……？」

「沒有……對不起，我表達不出來。」

我老實回答。

諸如「妳是個大人」，或者「妳的想法很成熟」……這些話已經湧上喉嚨。而我閉口不語。因為我覺得這些詞都比實際的情況輕薄，況且不貼切。

沙優回來以後，真的變得比我想像中還要成熟。反觀我毫無成長。

至於我現在能做的，就是誠懇、正直地向沙優應對。

「……妳說得是。過去，我肯定也是想在妳面前當個好人。說到底，明明我並沒有讓步的意願。」

我一邊說，一邊越來越討厭自己。被沙優點破再承認，會讓我覺得自己的醜陋一面正逐漸現形。

只是……我也有做出覺悟。

「不過沙優……我是認真覺得，吉田或許會選擇妳，到現在我依然這麼想。」

「咦……？」

「唯有這一點，是我沒得粉飾的真正心思。」

我這麼說，讓沙優困惑似的閃爍著目光。

「妳很有魅力，個性穩重成熟，又相當漂亮。而且……我覺得妳還有能夠順利打入人心的獨特溝通能力。」

「呃，哪有……」

沙優半驚半羞地來回游移著視線。

「我認為，他的心十分有可能被這樣的女生奪走。我會等妳回來，並不是因為篤定自己能贏。」

「但是，那樣的話……」

「所以說，妳也可以全心全意去『爭取』，沒關係的。」

沙優聲音明顯地深深吸了氣。

「我是在故作成熟。剛才，妳點通了我。所以……妳也一樣，不用故作成熟。」

我如此繼續說道，沙優的眼神就狀似動搖地大為閃爍，然後她伸指摸了摸臉旁邊的頭髮。

接著，沙優為難似的笑了。

「啊哈……該怎麼說呢……」

沙優嬌滴滴地抬眼望向我。

「果然，都被看透了呢。」

「反正我也一樣完全被妳看透了。肯定是因為……彼此注意的部分不同吧。」

「說起來，人真是複雜。」

「是啊。」

可以感覺到緊繃的空氣逐漸獲得舒緩。

「奶精與糖漿，妳都可以加的喔。」

我指著擱在沙優面前的冰咖啡玻璃杯說道，她便害羞地笑了。

「連這都穿幫了嗎……」

沙優臉紅地匆匆拿奶精與糖漿倒進玻璃杯。在大人面前想逞強喝黑咖啡……跟沙優平時的成熟風範相比，這樣的舉動顯得太惹人憐愛，連我也不禁笑出來。

沙優重新用吸管喝了冰咖啡，然後露出放心似的神情。應該變得好入口多了吧。

換了一口氣的我也將咖啡拿鐵含進嘴裡，並且緩緩吞嚥。食道陣陣暖和起來，心情好像也鎮定了點。

「……說真的，我並沒有顧慮妳的意思。」

我一嘀咕，就感覺到沙優將視線轉了過來。

「不過正如妳所說，或許我心裡是有某個地方對妳懷著類似內疚的情緒。」

話說到這裡，我咬緊牙關。事到如今，發現內心仍有一絲的「憂懼」，會讓我對自己產生厭惡。

「所以……往後，我打算有意識地拋開那種情緒。」

聽我用略顯發抖的聲音說完以後，沙優靜靜地吸了氣。

接著，她一邊將吸進的空氣緩緩地吐出，一邊放鬆表情。

「……好的，聽到那句話，我放心了。」

沙優說著便有些刻意地咧嘴露出牙齒笑了笑。

「多虧如此，我也能全力談自己的戀愛了。」

「呵呵，也對。我會替妳加油。」

「妳不能替我加油的吧？」

「加油歸加油，我可沒有輸的意思。」

「啊哈哈，我又不覺得自己會贏。」

沙優打趣似的這麼說，但我看出她的視線隨著話語落到了右下方。嘴邊固然在笑，眼裡的光彩卻有幾分虛無飄渺。

哎，這孩子真的只是照著自己說的那一套在做，我看得出來。

她無意放棄這段戀愛。然而，她也不認為自己能修成正果。

跟我的處境剛好相反……正因為如此，連我都明白她那樣的決斷並不是靠尋常覺悟就能做出來的。不免會明白。

我越發覺得自己敵不過她。

明明覺得敵不過，身為當事人的沙優卻認為吉田會選我，況且深信不疑。

所有環節紛亂如麻，我不覺得自己能正確做判斷。

不過……我該做的並非「正確判斷」，而是要勇敢面對當下位於眼前的人生與戀愛，如此而已。

那是沙優——用了送鹽予敵的形式——教給我的道理。

我總需要有人在背後幫忙推一把，儘管每次都會試著讓心態積極些，結果卻不敢有大動作。

畢竟不採取行動才是常態，稍有改進就會讓我意氣風發，然後便因而滿足。

我比我想得更膽小，也比我想得更拙於行動。

正因如此，我認為必須試著努力一搏，而且，要做到自己都覺得胡來的地步才行。

或許要那樣，我才能獲得等同於常人的改進。

我確實有心支持沙優談一場與年齡相符的戀愛。然而，如同她對輸贏已經「像那

樣」看開……照理說，我也可以讓支持她談戀愛的心，與自己想讓戀愛有進展的心共存。

後來，我跟沙優又聊了許多與吉田有關或者無關的事，不過到傍晚解散的時候……我想自己是有覺悟讓戀愛修成正果了。

……結果，我想都沒有想到，事情會在重新下定決心的幾天後變成這樣。

離開董事長室，我沒多做思考就先去了化妝室，並且對著鏡子凝視自己的臉。

焦慮、困惑，這一類的情緒浮浮沉沉。我發現自己在無意識間用牙齒微微抿了唇，便緩緩嘆了氣，然後重塗唇彩。

繼續跟鏡子對瞪也不是辦法，我只好回到自己在辦公室的桌子前，在到勤人員仍然稀疏無幾的環境中緩緩地準備開工。

進入開工步驟以後，我覺得心情好像鎮定了一些，可是諸如「真的會調職嗎？」「要怎麼跟吉田說？」「這把年紀還有力氣談遠距離戀愛嗎？」之類的負面思緒，卻還是跟雜訊一樣定期穿插其間。

「早安。」

辦公室裡傳來吉田的問候聲，我的視線就不自覺地轉了過去。所謂的反射動作是很恐怖的。

他也把視線轉向我這邊，目光對個正著。霎時間，心臟蹦得七上八下，我連忙轉開目光。

吉田有朝著這裡望了一陣的跡象，不過他很快便朝自己的辦公桌走去。

我偷瞄過他的背影，這才總算深深嘆了口氣。

明知道剛才那樣將目光轉開，又會造成他的不安。但這次我就是控制不住自己。

我不知道該用什麼方式整理情緒，然後要用什麼形式把事情告訴他才好。

晚上就得說清楚。這種事延後交代的話，我會像往常那樣一拖再拖。

儘管心裡這麼想，我卻不覺得自己在上班期間能跟吉田應對得當……直到下班前，我都一直躲著吉田。

第4話 KTV

「……妳是說，會有人事異動……？」

受到後藤小姐邀約，兩個人離開公司走進了包廂制居酒屋不久。

我面臨意想不到的表白，因而愣住了。

怎麼挑在這個時間點？疑問差點就衝口而出，我連忙噤聲。雖然這是真心話，但我至少有自知之明，就算對後藤小姐講這些也無濟於事。

不過……這未免太不湊巧了。

如同後藤小姐事先說過的，沙優回到東京了。而且，我希望接下來能重新審視自己對沙優還有後藤小姐的想法，繼而讓關係有所前進，明明是這樣的……

她卻說自己會調職去仙台。

「對不起……這是已經定案的事。」

後藤小姐過意不去地說。

「沒辦法啊……畢竟是工作嘛。」

仍未理出頭緒的我一開口，就冒出了這種無關痛癢的話。

可以曉得後藤小姐聽見我嘀咕，隨即靜靜把視線轉向了我這邊。我也看向後藤小姐，便發現她有些落寞地微笑著。看得出眼神頻頻閃爍，嘴角也在發抖。

沒錯，我該說的並不是這種撐場面的話。

「後藤小姐，我有好好想過。無論妳在哪裡都一樣。」

她肯定是不安的才對。雖然我納悶「怎麼挑在這種時間點」……然而這麼想的當然不會只有我。自己竟然連這種事都沒有立刻想通，令人惱火。

或許彼此的關係接下來會有進展，後藤小姐卻在這種時候將去遠方。既然如此，我就要講出能讓她安心的話才對。

「何況……就算妳調職了，也不代表我們會完全見不到面啊。」

「呃，不過……我要去的是仙台耶？」

「我會去見妳。」

「咦……？」

「有放假，我一定會去見妳。雖然要每週往返也許有困難……」

我說的話讓後藤小姐急忙搖起頭。

「那怎麼好意思……！」

「跟喜歡的人見面，有什麼不好意思？」

「呃，話是那麼說沒錯……」

面對我再三表態，後藤小姐有一陣子都紅著臉變得目光飄忽，但還是認輸似的向我點了點頭。

「謝謝……我很高興喔，吉田。」

後藤小姐害羞地這麼說……我看著她的臉，心裡卻覺得怎麼也不爽快。

她在害羞是真的，說高興也是真的……我認為。然而……那看起來到底不像「由衷感到放心」。當然了，將來的事情誰也說不準，只靠我的口頭約定並無法讓人完全安心，這點道理我還是懂。

不過……我難免會覺得，後藤小姐也不用把「已經死心了」的情緒表露得那麼明顯吧？她本人似乎還以為瞞得過我，這也有點氣人。

對於後藤小姐的情緒，我想我已經可以參透蛛絲馬跡了，而且程度超出她想像……

因此，我正慢慢地感到受傷。

「反正，我一定會去！」

我懷著有疙瘩的心情再次強調。後藤小姐怕羞似的一邊猛揮手一邊點頭。

「真是的，這麼誇張。謝謝你嘍。來，快點吃吧。」

因為我們乾杯後喝了幾口酒就談到調職的事，所以叫的餐點幾乎都沒碰。

儘管我並不是完全服氣，爭辯無法解決的問題讓飯菜涼掉也不好，因此便決定暫且打住這個話題先享用餐點。

後藤小姐已經都不提調職的事了，而是改聊平日或工作的話題，我卻還是一直懷著疙瘩聽她講那些。

「唉～好像有點吃太多了。」

離開居酒屋，後藤小姐走路就沒有像在公司展現得那麼規律，步伐變得左搖右晃。

這麼說來，她今天喝得是比平時多，吃得好像也比平時多。

步履蹣跚醞釀出有些自甘墮落的氣息，跟往常的反差令我心動。

「妳的腳步不穩喔。」

我提醒走得比較前面的後藤小姐，她便回過頭，使壞似的笑了笑。

「我故意的。」

「如果跌倒不是很危險嗎？」

「沒事啦，我又不是小朋友。」

佳。

後藤小姐說著，隨即嘻嘻發笑，態度與剛進居酒屋時截然不同，顯得有些心情絕佳。

她每走一步都會讓鞋跟叩叩作響，即使在噪音還算不少的大街上，我仍覺得那聲音聽起來格外入耳。

長髮左右搖曳，看著後藤小姐在這種狀況卻走得莫名開心，讓我實際體認到：唉，我果然是喜歡這個人。

我們相處……一直都是這種調調。

牽扯到後藤小姐，就讓我覺得挺累。每件事都無法如願以償，會讓人著急，會讓人存有芥蒂。明明如此……心裡頭，卻在吶喊自己喜歡這個人。

也許因為我上次談戀愛是在讀高中時，或者是這個人所致，其中緣故我分不出……不過，原來戀愛就是這麼苦的嗎？我如此心想。

「欸，吉田？」

原本我茫然地望著後藤小姐的背影，卻因為她忽然轉頭過來而回神。

「什麼事？」

心慌的我聲音變調，但後藤小姐狀似不介意。

「今天，我好像還不想回家。」

「耶？」

她純真無邪地講出這種話，我的聲音就再次變調了。

今天不想回家。

我在人生中第一次聽見這句話，但只要多少有追劇或看漫畫的嗜好，就知道大人間講這種話的意思是……

一瞬間，儘管遐想的畫面在腦海萌現……是的，我們「仍未」成為情侶。絕不可能突然演變成妖精打架。畢竟那樣的話，維持「沒交往」的表象就完全白費了。

「那要怎麼辦呢？」

「多玩一下再回家嘛。」

看來後藤小姐果真是醉了，講起話來溫聲軟語。

「妳說的玩是指……」

「好啦好啦，反正你跟著來就對了。」

後藤小姐說著，隨即倉促走去。突然的狀況使得我駐足不前，她便在不遠處回頭，並且純真無邪地招招手。

我嘆了口氣，然後碎步追向她。

明明到剛才內心還如此地被困惑與沮喪支配，現在卻有心臟遭到綿勁抓緊的感覺。

我覺得，自己對這個人果然一點辦法都沒有。

我跟著心情絕佳的後藤小姐走，感覺約莫走了十分鐘，後藤小姐就說「啊，這裡」並且停下腳步。

那是一間不太知名——我甚至不確定是否算連鎖店——的ＫＴＶ。

「Ｋ、ＫＴＶ啊……」

「對呀。」

「……妳要唱歌嗎？」

「嗯～」

後藤小姐曖昧地歪頭，並且使壞似的笑了笑。

「哎，總之我們先進去吧。」

「欸……真的要進去嗎……？」

後藤小姐匆匆走進建築物，但我有點卻步地重新審視店家的外部裝潢。該怎麼形容呢……十分破舊。

然而，後藤小姐就在我遲疑時爬上了樓梯。把視線轉向她那邊，明明裙子也沒有多短，大腿卻看得見一大片，我連忙將視線放低並爬上樓梯。

「虧妳知道有這種地方耶。」

我追著後藤小姐說，她就若無其事地回答：「剛才查到的。」來這裡的途中，我一次都沒看見後藤小姐拿手機出來，因此她大概是趁我在居酒屋跑廁所時簡略上網查的吧。換句話說，她在居酒屋時就有意跟我來ＫＴＶ了嗎……？

來到櫃台所在的二樓，空間頗狹窄的櫃台裡並沒有人。後藤小姐按了一聲桌上擺的呼叫鈴，看似無精打采的男店員就從裡頭出來了。

請問是兩位嗎？有沒有會員卡？來賓同樣可以消費，不過辦會員就能多省兩百圓，兩位要以來賓身分消費對不對？有沒有想指定的機種？麻煩請先各點一杯飲料。

店員一副沒拚勁的調調，不過完全照範本接待客人的俐落口條倒是漂亮。

接待漠然結束，我們被指示可以用四樓的包廂。店裡沒電梯，這次換我先上樓梯。抵達四樓以後，感覺傳來的歌聲依舊零零星星……空包廂似乎相當多。ＫＴＶ這種地方給我一向很熱鬧的印象，原來也是有這種不會吵的ＫＴＶ啊，如此感慨的同時，反過來又產生了「每天生意都這樣會不會無法經營下去？」的無謂疑問。

我心裡明白，思考這些……全都是為了忽視跟後藤小姐突然進展到「包廂約會」的階段。呃，雖然我已經跟她去旅行過，比起在ＫＴＶ孤男寡女獨處……我也經歷了更加考驗自制心的活動，但這種事無論發生幾次還是難免緊張的吧。

走進店方指定的包廂，便發現燈沒開，室內只有開著的電視成為唯一光源。這房間

明顯屬於兩人用包廂，空間比我想得還要窄。以近年而言似乎算難得沒有禁菸的房間，一進來就有牆面沾染的獨特菸味深留鼻腔。

後藤小姐一邊嘻嘻笑著說：「哇，好古樸的房間。」一邊在沙發就座。我跟著面對面坐下以後，她便用欲言又止的視線看過來，同時理應剛關上的包廂門口卻出現敲門聲，我們倆都嚇了一跳。

「打擾了～」

講話的尾音拖長，又完全不與我們目光交接，看模樣應為工讀生的女店員端著飲料走進來了。

由於剛喝過酒，我們倆都點了烏龍茶。女店員在桌員碰撞有聲地擱下兩只玻璃杯，簡單致意後，便從包廂離開。

幾秒鐘的沉默。ＫＴＶ機器理應用低音量在播的廣告聽起來格外大聲。

「要……要點些歌來唱嗎？」

我承受不了沉默，因而拿起桌上擺的點歌本，後藤小姐就忍俊不住地看了我。

「吉田，或許我有點想看你唱歌的模樣。」

「拜託不要啦。我是音痴。」

「是喔？」

「高中時我就被消遣得夠多了……」

「哦～真意外。我還以為，你是任何事都能駕輕就熟的那一型。」

「只有唱歌是真的沒轍——」

總算找出話題的切入點也安心不了多久，話說到一半，我就跟後藤小姐對上目光，話語隨之打住。

後藤小姐用了有些迷茫的眼神望著我。大概也因為喝醉了吧，總覺得她的表情十分嬌豔。

「欸，吉田。」

「什麼事……？」

「我想坐你旁邊，可不可以？」

「可、可以是可以……」

幾乎在我緊張地點頭的同時，後藤小姐霍地起身，以肩膀能夠輕觸的距離感坐到了我的旁邊。

「呼～……」

後藤小姐將肩膀湊上來，並且深深地吐了氣。

我始終不敢看她挨在旁邊的臉，於是問道：「怎麼了嗎？」

儘管後藤小姐用自己的肩膀貼著我，沉默了一陣……

「……吉田，我還是不想跟你分開。」

後藤小姐打破沉默說出來的話，讓我不由得反射性地看向她。後藤小姐含情脈脈地望著我。彼此目光交集了幾秒鐘，她卻鬧脾氣似的噘起嘴唇，然後把頭朝我的肩膀貼了過來。

不知道是因為可愛，還是頭髮散發的香味，我的心跳快得不得了。

「突然說要調職，我勉強……真的很勉強喔！想要整理自己的心情……卻還是覺得這樣不行。」

後藤小姐沒有將嘴巴張得太大，說得吞吞吐吐。

「那是當然了。」

我也把想法直接說出口。產生共鳴的同時，我覺得好像安心了點。直到剛才那刻，從她表露的情緒「只能」解讀出心境很複雜，不過，現在終於聽見她的心聲了。

「為什麼我每次都這樣呢……」

「關於這一點，我敢說絕對不是妳的過錯，後藤小姐。」

「是嗎……我只覺得自己的天命就是這樣了，真受不了。」

「人生中，能夠如願的事情不是比較少嗎？」

彷彿被後藤小姐的心聲沖昏了頭，我也忍不住吐露心聲。

可以曉得她微微動了頭，把視線轉向我。

「吉田，原來你是那麼想的？」

「咦？是啊……差不多。雖然說，我在活著的過程中，也漫無邊際地對將來想像過『要是能這樣多好』……不過，幾乎都沒有如願實現的經驗。」

「是那樣嗎？」

「哎，純屬我的感悟……沒辦法斷言任誰都一樣就是了。」

大概是因為被問得比想像中深入，「或許沒有表達得很好」的想法逐漸發酵，我感到自己變得口齒不清。

剛才是自然地脫口而出……不過，回想起來我似乎從以前活著就這麼認為了。

我從中學到高中都投入於棒球，升高中時甚至活躍得足以擔任社團裡的投手，但要問到我有沒有在大賽中留下成果，答案則是ＮＯ。更別提球兒們當成夢想的甲子園了。我並不是想說這樣就一切都白費了，然而待過社團的經驗又有什麼部分能與現在的自己相通呢？連我自己都不太清楚。

初戀則以漸行漸遠的形式結束了。我自認對眼前的戀愛，對喜歡的人都懂得珍惜。

可是，她要的並非那些。事情不過就如此，當時我卻強烈地感到失望。那股情緒並不是

針對女友……而是針對我自己。

我從未在牽涉「他人意志」的事情上成功過。即使我自認任何事都願意迎面承受，也有靠自己的能力去揣摩領會……卻總是有所不足。無論我怎麼花心思要「正面應對」，感覺一旦透過我這層濾鏡，某些部分就受到扭曲了吧。

留沙優住下來的時候也是一樣。

我是本著一股單純的「善意」，想要對沙優予以包容。可是，無論從社會上或個人的為人來說，至今我仍認為那是有些扭曲的情懷。我想……自己肯定是在沒有任何一件事順遂，生活又因為齒輪咬合不良而走樣的她身上，看到了一些「自己的影子」。因此，我才想幫助她。然而……到頭來憑我一個人根本無能為力。

我拖累了許多人，獲得他們的幫助，再加上運氣加持……才成功讓沙優回到北海道的。

根本沒有什麼事，是我一個人就能辦到的。要說人生中曾有什麼事情如我所願……我也覺得，一次都沒有。

「吉田……？」

後藤小姐的視線與她的聲音，讓我回神過來。

感覺我不小心沉默了滿長一段時間。

我為了打圓場而開口。

「好比說，當下我也費了好多工夫，才知道彼此是兩情相悅。」

我如此打趣，後藤小姐就氣惱地嘟起了嘴唇。

「……自己是個麻煩的女人，這我起碼還曉得。」

「呃，對不起。我沒有要責怪妳。」

「你是覺得我麻煩吧。」

「……並不是沒有想過。」

我老實回答，後藤小姐就鬧脾氣似的鼓起了腮幫子。從居酒屋離開以後，她有許多孩子氣的舉止都讓我怦然心動。

「……抱歉，我自認理虧啦。再說我也——」

「我明白。我明白的。」

「你才不明白！」

後藤小姐急得出聲打斷我的話。扭身以後，後藤小姐把臉朝我湊過來。我不禁比照她湊過來的距離讓自己的臉退後。然而，後藤小姐又進一步把臉往前伸，我已經沒有路可以退了。後腦杓正頂著牆壁。

我跟後藤小姐目光交接，距離極近。她的目光彷彿來回於我的兩眼之間，頻頻搖晃著。在這種距離內，明明室內昏暗，我卻能清楚看見後藤小姐的眼睛是濕潤的。人類的眼睛原來這麼有水分啊，我不禁冒出這種不合宜的念頭。

「吉田，知道我現在想的是什麼嗎……？」

「我、我不知道……」

「我在想……」

後藤小姐只說到這裡，一瞬間就語塞了。視野下緣映出她的嘴唇正稍稍發抖。

「我在想，希望可以就這樣……跟你接吻。」

因為她紅著臉，還認真地說出這種話，我不禁發出了似乎會被聽見的「咕嚕」一聲將口水嚥下去。心臟正在急撞鐘。

明明兩情相悅，卻言明還沒有要交往。彼此喜歡，卻言明親密程度——從那天晚上以後——不會比接吻更進一步。本來是這麼想，這會兒她又說想跟我接吻。真搞不懂，這個人究竟怎麼回事啊？我並不是沒有氣憤的感覺……然而很單純的是，與其談我目前有多生氣，亢奮與緊張的情緒更是強得足以讓我聽見自己的心跳聲。

「……妳、妳想的話。」

還來不及深入思考，發抖的聲音便從口裡吐露。

「我倒是覺得，無妨。」

「……唔。」

咕嚕一聲，我聽見後藤小姐在吞嚥。

含情脈脈的眼睛正望著我。她的臉靠近了點，我吞下積在嘴裡的唾沫。

可是，後藤小姐卻悄悄垂下目光，然後一邊緩緩吐氣，一邊讓挺出的身體漸漸後退。再次將頭輕輕靠上我的肩膀後，後藤小姐說道：

「果然，還是不可以。」

「什、什麼意思……？」

「偷跑是不可以的。」

後藤小姐說著，露出了苦笑。

胸口一陣刺痛。從她那句話，我只會想到一種意思。

「……這樣啊。說得也是。」

我咬緊牙關，點了點頭。

後藤小姐說過……她希望我重新審視跟沙優之間的關係，然後再選擇自己。而且，她的發言源自「沙優至今仍喜歡我」這樣的結論。後藤小姐會用「偷跑」一詞……意思便是在沙優的戀愛有所了斷前，自己要是跟我接吻或拿出行動的話，對她而言就相當於「作弊」吧。

我懂。對於她所說的意思。

不過……既然是那樣的話……我會希望，她一次也不要跟我接吻。

一度體驗過那種快感與燥熱感，在這種密室，處於貼得如此緊密的狀態，她還要我忍耐。

她真的明白，自己的要求有多過分嗎？

……這些不滿，我全部吞下去了。

畢竟……我一度答應過要接納，將她的提議接納於心。

話雖如此……即使讓我提個折衷的方案，應該也沒關係吧。

「那麼……像這個尺度的話，可以嗎？」

我把左臂繞到了後藤小姐的左肩，一把將她摟住。

後藤小姐將頭靠在我的左胸膛，並且訝異似的縮起身體。

不過，可以曉得她身上的那種緊張正逐步舒緩，進而獲得放鬆。

「嗯……謝謝你。」

「……不會。」

「…………對不起喔。」

「……哪的話。」

面對她的賠罪，我一面心想「就是說啊」……一面對於內心漸漸萌發的情緒，感到有些傻眼。

嘆息流露而出。

「……總覺得……滿氣人的呢。」

「咦？」

「光是這樣……我就不小心覺得自己還滿幸福的。」

「……呵呵。」

雖然沒有看到臉，後藤小姐的頭卻稍稍晃了晃。接著，她將左手，含蓄地疊在我的左手上。

「嗯……我也是。」

後藤小姐低聲這麼說，然後用頭朝我的胸口蹭了過來。

沒得接吻的氣憤憑空消失，當下，我忍不住有了念頭，想一直保持這樣。

原來我面對戀愛是這麼單純的嗎？真令人傻眼。

之後，在昏暗的房間裡，有很長一段期間，我跟後藤小姐都保持這樣。

「仙台，我不想去。」

「我不希望妳去。」

「不知道為什麼總是弄成這樣。」

「令人困擾呢。」

「你真的會來見我？」

「我會去的，一定會。」

簡短的對話點點滴滴地出現，在懷裡可以感受到她在呼吸。

光是度過這樣的時間，幾小時前聽她表白「會有人事異動」的困惑以及焦慮便隨之消失，內心感到安寧。

然而……當我同時想起這份安寧即將從手邊離去，就覺得不太有真實感。體認那是事實的時刻將會到來，讓我覺得無比害怕。

第5話 各自的夜晚

「咦……人事異動？真的假的！」

後藤小姐的調職定案後過了幾天，當我一如往常地下班回家，路途中就接到了麻美捎來「吉田先生，今天讓我在你家讀書～」的聯絡。她大概又跟父母吵架了吧，我一面這麼猜……一面覺得麻美在這時候來訪也不錯，省得被無謂的思緒搞得心煩意亂。

然而……麻美來家裡認真讀了幾小時的書以後，就發揮天生的敏銳問：「吉田先生，感覺你好像跟平常不太一樣耶？」回神以後，我便落得被她追根究柢地探討是何原因的處境了。

起初我還想隱瞞，卻拗不過她的難纏，終究招出了後藤小姐突然被調職的事。

「你們還沒有交往吧？交往前就變成遠距離戀愛，會不會太辛苦？」

「唉……如妳所言。所以我才在困擾。」

我語帶嘆息地回答。而麻美不以為意地說：

「趁出發前交往就好了嘛。」

「事情沒有那麼簡單啦。」

「大人還真麻煩耶。」

麻美先是苦笑，然後朝我投以欲言又止的視線。

能看就看的麻美向著我，什麼都不說。

「怎樣啦。」

「呃，那個……該怎麼說呢？」

麻美吞吞吐吐到最後，才目光飄忽地答話：

「這就表示，後藤小姐會因為調職而有好一陣子不在東京……相對地，變成有沙優在這裡對不對？」

她所說的話，讓我忍不住反射性地回嘴：「所以又怎樣？」發出來的聲音不小心變得比想像中還凶，連我自己都嚇了一跳……但是我大致能理解麻美想說什麼，因此也覺得無可奈何。

「所以……從沙優妹仔的立場，這算是機會嘍？」

「麻煩妳別再說了。」

麻美的話鋒正如預期，因此我忍不住捂著眼睛低下頭。腦裡正在吶喊：「別讓我多作思考。」

「我懂妳的意思……可是……」

簡而言之，麻美提這個應該是想說「希望你面對沙優的追求也不要太刻薄」吧。她總是跟沙優同一陣線。我不會覺得她明確選邊站有什麼錯。然而……目前在我的心裡，並沒有淡定思考的寬裕。

「抱歉，我現在……不想談那個話題。」

當我垂著頭無力這麼說道，就聽見了麻美微微吐氣的聲音。

「對不起喔……朝你多補了一刀。」

「不會，沒關係。」

「我都只有想到沙優妹仔……沒顧慮你的心情。」

「不要緊。」

後來的事情，我記得不太清楚。

麻美一邊讀書，不時還會客氣地朝我搭話，我聽了也會回她一兩句……有所隔閡的溝通似乎就這樣持續著。

時間晚了以後，麻美便回家了。而我的思緒一直繞著同一件事打轉，回神後就已經睡著了。

「啥，人事異動？」

調職定案後過了幾天。

我斷絕憂慮——應該說，我一直都埋首於工作以免想東想西，卻好像被直覺靈敏的神田察覺我跟吉田之間的氣氛有異……目前，我正莫名其妙被神田與三島包夾而縮在居酒屋的座位。

「怎麼會挑這個時間點把妳調去仙台啊？根本鳥不生蛋嘛，那間分公司。」

儘管神田撂的話讓人忍俊不住，我仍搖搖頭。這麼說來，神田就是從仙台調來的。

「接下來好像會成立新專案喔。要派人監督，就找上了我這個幹部。」

「原來如此，正是因為鳥不生蛋，才需要派人嘍。」

神田一面點頭，一面仍不停講促狹話。

反觀三島就格外安靜，斜舉著裝了鮮橙黑加侖的玻璃杯。她固然會對神田那些打趣的話笑一笑……看起來卻顯得有些心情不悅。

「所以呢？妳跟吉田的關係要怎麼辦？」

「我當然不會放棄啊。」

聽見我這麼回答，神田「哦～」地出聲感嘆。

「我還以為妳會說『我果然就是談不成戀愛！』之類的話。」

「沒禮貌，真受不了。」

還嘴的我當場嘟唇，然而，老實說我有過好幾次類似的想法，因此胃部一陣發冷。

神田心情絕佳地斜舉裝了加冰威士忌的玻璃杯，然後凝視我。

「……然後呢？」

「咦？」

「我曉得妳不會放棄了，但具體來說要怎麼辦？」

神田若無其事地問道，我卻想不出答案，只能將嘴巴開開闔闔。

忽然間，坐對面的三島好像把視線轉過來了。我隨之用目光看去，結果被她倏地迴避。

「總不會只是雙手握拳聲明『我可不會放棄！』然後就沒下文了吧？」

「呃，那個……吉田也說他會來見我……」

「唉～～」

神田誇張地嘆氣以後，隨即用食指指甲敲了敲桌面。

「所以都這個節骨眼了，妳還是保持被動！既然有放假，妳就可以回來這裡啊。」

被她那麼說，我覺得理所當然。可是……

「妳是不是又東扯西扯地找理由，打算一直被動下去？」

「沒有，不是那樣！」

對方怪罪起來實在太不聽人講話，因此我也轉向神田要跟她爭辯。

然而……辯詞卻沒有順利想出來。

的確，為什麼就不能由我在放假時跑來東京？我覺得自己心裡好像有明確的理由，卻哽在喉嚨裡，沒有化成言語。

一急之下詞窮的我尷尬地讓視線亂飄，神田因而狐疑地凝望過來。

叩——是玻璃杯擱到桌上的聲音。

我隨著聲音抬起視線，發現三島正盯著我這邊。

「後藤小姐……對於沙優的近況，妳知道些什麼？」

那個問題從三島口中冒出的瞬間，讓我覺得心臟痛得像是被人徒手掐住了。

與此同時，我察覺剛才哽在喉嚨裡的辯詞真面目為何。

「沙優不是回到東京了嗎？」

三島顯得格外冷靜地望著我問道。

這個女生為什麼會敏銳成這樣呢？

見我一時答不上話，旁邊的神田視線困惑地在我跟三島之間來回。

接著，她說道：

「呃……妳們提到的『沙優』是誰啊？」

神田問的話，讓我跟三島頓時肩膀一顫。

差點忘了……對於沙優的事情，她一無所知。

「啊，不是的，那個……」

三島幾秒前才淡然地質疑我，這次換她慌了起來。

「算是我跟後藤小姐共同認識的人……」

「呼嗯？然後呢，為什麼她現在會出現於話題中？」

「因為～……呃……」

「我說啊。」

神田眉心緊蹙，皺痕因而變深。

「以往，我陪妳商量夠多次了吧。」

察覺話鋒完全轉到了自己身上，我只能縮頭彎背。

「是的……」

「我這樣相待，妳們兩個還有事隱瞞？」

「雖然對妳過意不去……但我覺得這兩件事不太能相提並論……」

「是怎麼個不能相提並論啦！」

神田怪腔怪調地在我耳邊嚷嚷。可以曉得店裡有其他客人將視線聚集而來。

「知道了，我說。我把事情告訴妳。別大聲嚷嚷。」

「知道就好。」

神田「哼！」地從鼻子呼出可以聽見聲音的一大口氣，然後偏了頭。

「下文呢！」

這是在催促我：趕快說！

我瞥向三島。她狀似愧疚地微微低了頭。

「呃……這件事情……希望妳對其他人一定要保密。」

事先聲明過以後，她撂了一句「那還用說」，然後就等不及似的催我繼續講。

於是，我將超過一年前……關於吉田與沙優，還有我跟三島的事情都告訴神田了。

神田驚訝歸驚訝，卻好像也有察覺過苗頭，在我開始講以後就相當安靜地聽起這段舊事了。

「之前我就在想～他身邊好像有女人的形跡，原來如此，沒想到會是個非親非故的女高中生啊……」

事情說完，神田嘆了口氣，並且望著遠方這麼說道。

「唉……要說的話，也是很像那傢伙的作風啦。」

她補了這麼一句，然後哼聲。

「這下我似乎也懂了……後藤小姐以往為什麼會那麼舉棋不定……就連三島剛才想講什麼，我也大致有底。」

話說到這裡，神田側眼看了三島。

其視線的用意顯而易見是「把話明說吧」。

三島靜靜點頭，然後凝視我這邊。

「沙優她……已經回來了，對不對？」

我使勁咬緊牙關，繼而點頭。

「嗯。這陣子才回來的。」

「妳要怎麼辦呢？」

「問我要怎麼辦……這又不是我能定奪的——」

「妳並沒有打算退讓吧？」

三島厲聲說道。

「那怎麼可能啊……想都不用想。」

我低聲答話，三島卻斬釘截鐵地打斷說：

「但是妳還在害怕，對不對？」

沒那種事。

我跟沙優談過以後，都決定不對戀愛妥協。

如果……剛才能明確地這麼回嘴就好了，遺憾的是我沒能辦到。

「要是有認真對抗的意思，後藤小姐，我覺得妳就會說自己能趁放假回東京才對。」

「因為我不想講沒把握的話……」

「後藤小姐！」

三島急躁地出聲，我嚇了一跳。

旁邊的神田手拿玻璃杯，冰塊在杯裡叮噹作響。

「……這時候逃避的話，也許妳真的會失去對方喔。」

三島的嚴厲話語衝著我而來。

「難道妳打算像這樣，逃避所有的衝突、所有的抉擇嗎！」

在她眼裡，憤怒之色正熊熊湧現，那是連我都能瞭如指掌的。

第6話　心

連自己都無法順利化成言語的「恐懼」心態被三島看穿，我大感狼狽。

被她用言語道破，更使我省察到自己的心思。

結果……即使我在內心一再高呼「不妥協」、「要全力戀愛」，也根本無法盡信自己的那份心意。

跟自己與吉田相比，沙優與他建立的聯繫更強，甚至讓我覺得有崇高感。比起自己所做的努力……我更相信命運。

「我不在東京的期間……沙優隨時可以跟吉田見面。她克服了重重苦難，自食其力得到了那樣的環境。而且我覺得……那是自己無權干擾的。」

彷彿將內心交纏的絲線逐一解開，我依序道來。

「我也在追求我的戀愛。能付出的，我自認都會付出。不過……要是我做出的舉動會干擾到沙優戀愛，那我無論如何都想避免。畢竟在當下的情況，如果事情變成那樣，至今我保留不與吉田交往是會失去意義的。」

儘管費了些時間，對於調職敲定而不得不跟吉田在物理上拉開距離這一點，我已經能夠承受。而且在這段期間，對於沙優隨時可以跟吉田見面的情況，我自認也接納了。

然而……不管吉田再怎麼說他只喜歡我，吉田與沙優這段「重生的故事」有何結局，我到底是一度親眼見識過的。

有所欠缺的兩人碰巧相遇，填補起彼此心靈的空隙，還解決了人生的問題。這麼有命運性的事情，想必並不是常常有。

由那樣的兩個人，慢慢花時間培育戀愛情愫修成正果，我不會覺得有違情理。

「假如他們兩個修成了正果……那真的就是無從違抗的命運了，妳們不這麼覺得嗎？我怎麼可以擋在中間，還拚命攪局——」

「後藤小姐，妳說這些是認真的嗎？」

三島打斷了我的話。

那聲音聽起來沉靜，卻伴隨有即將爆發的怒氣。可以曉得神田在旁邊也警覺地倒抽了一口氣。

「自認能付出的都會付出……話講完連舌根都還沒乾，妳就高談這種想法？」

「三島……？」

「還說到命運，這算什麼意思？聽了真讓人啼笑皆非。明明眼前有妳想要的東西，為什麼要一個接一個地找理由，逼自己罷手呢？往後妳還是要這樣，在緊要關頭就採取被動，並且錯失自己想要的東西嗎？難道妳想專門撿那些垂手可得的東西，一邊嫌自己人生過得無聊一邊活下去？」

三島的話語逐漸變得激動。她在生氣。而且……程度非同小可。

「三島，妳說得太過頭了。」

連平時對我總是「說得過頭」的神田，都略顯倉皇地開口制止三島，她卻沒有停下來。

「後藤小姐，我果然還是討厭妳這種特質。擺出一副看透全局的嘴臉，眼前的事卻什麼也看不見！妳不對所有人擺出成熟架勢就會受不了嗎？到頭來，妳在沙優面前還是只想耍帥而已嘛。妳想當大人的好榜樣對不對？做作到這種地步，還錯失眼前的幸福，最後再怨嘆『那就是命運』？拜託妳胡鬧也要有個限度！」

「三島，息怒息怒。」

「神田前輩，妳都不覺得火大嗎！」

幾近哭出來的三島用力指向我。神田原本帶著有些著急的臉色聽三島說這些，看見她那樣的手勢卻忍不住噗哧笑出聲音。

「夠了啦，妳別指著上司……唉，雖然我也全面同意三島講的話。」

神田對我投以白眼。

……我懂。她說的，全都有道理。我如此認為。

三島一邊擦眼淚，一邊用鼻塞的嗓音說：

「我就是不想像這樣發飆才沒有吭聲……結果還是破功……糟透了……」

「對不起……」

「與其道歉，妳……！」

三島吼到一半，就卯勁咬緊牙關似的在臉上使了力。

接著，她發出嘆息。

「……事到如今，請不要再裝成熟了。」

話說到這裡，三島抬眼朝我瞟來。

「因為有妳這個人……我才被甩掉的耶。」

那句話讓我會意過來。而且，對於她生氣到這種地步，我好像終於能理解部分理由了。

面對她失去的戀情……我明明處於還能追回來的立場，卻想用「命運」這個詞收拾一切，結果並不打算有任何作為。在她看來，那是絕對不可能容忍的。

而且……三島懷著那樣的心情，卻還是在幫忙激勵我。

「怎麼，妳覺得沒有後藤小姐在的話，自己就可以跟吉田交往了？」

當我對三島的發言正感到心境複雜時，神田賊賊地笑著用側眼看了她。

「那會不會把自己看得太高了一點啊？」

「請妳不要壞心眼打岔。要說的話，我當然是沒有把握，但至少並不會演變成注定失戀的一戰吧！」

「欸～這不好說喔。」

神田依然賊賊地笑著跟三島抬槓。我想，她肯定是在幫忙緩和現場氣氛，然而，現在就連那樣的體貼都讓我心頭緊揪。

心境像深切體認到了自己有多幼稚。

「唉。三島想表達的意思，我也有切身體悟喔。」

神田說著，側眼看了我。

「雖說是自作自受，我也一樣錯失過機會。後藤小姐，要說妳這段戀情製造了許多『輸家』也未嘗不可。事到如今，看妳這樣的人還在禮讓一個女生，會有意見不吐不快也是能理解的。」

聽到神田談起這些，三島一邊無所適從地亂飄著目光，一邊聽她講。

「不過，該怎麼說呢……後藤小姐，妳對那個女生，呃，是叫沙優對吧？沒有辦法絕情，當中的心思是不是用一句『裝成熟』就能打發，這我倒不清楚。」

神田說著，交互看了我與三島。

「照我想呢……妳們倆跟我不同，都直接與沙優有過牽扯，知道她的為人吧？而且妳們倆……八成都對那個女生有好感。」

我看著神田開口梳理狀況，眼睛就不由得隨之瞇細。對於他人，不知道她看得究竟有多深？明明平常都嘻嘻哈哈的，偶爾像這樣嚴肅講話時，嘴裡吐出的卻好像只有直指本質的話語。

我和三島都默默聽著她講話。

「既然如此……『想跟吉田交往』還有『不希望干擾沙優的戀愛』，兩種想法會同時存在於妳心裡，也不算奇怪吧？」

神田說到這裡，一邊從鼻子哼聲呼氣，一邊將右嘴角揚起給我們看。

「『對後藤小姐的想法也有意願尊重的我』是這麼說的。」

那句話，讓我與三島幾乎在同一時間笑噴了。

「……沒意願的另一個神田呢？」

「『既然兩情相悅就趕快交往啦，白痴。』她是這麼說的。」

言詞固然粗魯，感受到骨子裡的人情味與溫柔心思，我便自然而然地露出微笑。

「總覺得，我們最近的討論全都聚焦在男女之情上面……不過妳大可珍惜所有自己想珍惜的感情吧？結果會變得如何，都是自己要負的責任啊。」

神田說完就將手裡的玻璃杯斜舉，乾掉了杯裡的威士忌。

「唉，如果妳因為這樣婆婆媽媽而被甩，我倒是會痛快地嘲笑一番。」

話說到這裡，她高呼「不好意思～」把店員叫來，然後又點了拉弗格加冰。

坐在對面的三島則哭哭啼啼地一邊吸鼻涕，一邊盯著我。隨後，她低下頭。

「對不起，我說得太過分了。」

「不會……沒關係的啦。」

被態度軟化的她道歉，我也跟著緩緩搖頭。

那並不是需要道歉的事。該道歉的反而是我。不過……在這個情況由我開口賠罪，感覺也未必合理。

跟吉田深入來往後，我認識了沙優，繼而也跟神田及三島加深了交情……在這段過程中，我總是被迫發現自己的「驕傲」。

過去，我一直以為自己長袖善舞。戴上成熟女人的面具，我就能夠完全掌控給人的印象，而且比他人更擅於維持理想的人格……我曾經這麼深信。

然而，現實卻是如此。

我只是在自己的「可見範圍」拾取情報，然後擺放到眼前就滿足了。我絲毫也沒有理解自己的選擇會逐漸帶來變化，影響到他人的人生，然後反饋在自己身上。井底之蛙一詞在心頭浮現，只讓我覺得羞愧。

「我總是要讓人在背後推一把呢。還不僅如此，只要覺得有些許改變，我就會因此而滿足……」

「就是啊。」

神田對我說的話聳肩。

「過去我都以為，自己的行動才不會影響別人的人生。就算我做了些什麼，大部分事情底定的過程都與我無關，活到現在我一直以為那是自然的。」

對於現有的事物概括承受。那就可以省得思考自己要怎麼行動或努力。能靠著行動改變結果的那些人，在我看來只覺得耀眼奪目，我篤定自己沒辦法那樣。因為我並沒有那種天命。

多麼充滿藉口的人生啊。

「既然有想要的東西……不去改變就不行。無論是自己……甚或別人。」

「雖然改變不了的事情比較多啦。」

神田對如此開口的我予以否定，從那句話卻好像可以感受到有幾分肯定的調調。

「即使如此……到目前為止，我在那方面付出的努力，實在太少。」

「總算有意願要拚了嗎？」

「嗯，拜妳們所賜。」

「是喔？」

神田從鼻子哼聲一笑，然後瞥向三島。

三島的視線在神田與我之間來來回回，從而尷尬地吸了吸鼻子。

「……總覺得，之前放不開的後藤小姐讓人很煩，可是一旦看她下定決心，我又會感到不爽。」

「噗哈。」

三島說的話，讓神田忘情地笑噴了。

「啊哈哈，我懂喔，三島，妳說的我懂。」

「唉唷！大力相挺過後，立刻又說這種話！妳們的立場到底偏一邊啊？」

「都有啦，正反立場都有。妳差不多該懂了吧。」

神田一邊哈哈大笑，一邊猛拍我的背。

「後藤小姐，人心可沒有妳想得那麼立場分明喔。有許多心思是齊頭並進的，而且也不可能輕易就做出取捨。」

話說到這裡，她就大口豪飲威士忌。
接著，神田咧嘴仰起了一邊的嘴角。
「不過呢，妳是不是該認真思量，自己要以哪種心思為重比較好？」
那句話，讓我啞口無言地深深點了點頭。
後來，儘管神田一再嫌棄「鳥不生蛋」，還是東拉西扯介紹了仙台的美味館子，以及她本人聲稱「跟其他名勝相比就挺微妙」的仙台觀光景地。
離開總公司，還有跟吉田在物理上即將有距離的不安總是先行而至，不過聽人如此指教仙台是什麼樣的地方，我覺得心情好像有變得稍微積極點。
三島也表示：「後藤小姐不在的話，感覺會讓人鬆懈呢。」這句話聽了是否值得高興並不好評斷，但是我滿欣慰的。
酒局結束，我獨自踏上歸途。呼吸到初春的微濕空氣，明明天候在冬季結束後已經回暖，卻讓我有惆悵感。
我永遠欠缺自覺。
我一直想保持無自覺的心態。
假裝不做選擇，然後一路做出消極的選擇。
其實我有察覺到，「不選」也是一種選擇。

其實我明白，就算「不患得」，未必就能「不患失」。

在實際體認自己其實明白這些道理之前……我費了這麼多的時間。

差不多該正直地面對自己的想法才行。以往我根本錯了。比方說，要對戀愛積極，比方說，想要什麼就明講想要……目前，我尚未進入這樣的階段。

長年以來，我要審視自己，都只能透過「他人眼中的自己」這層濾鏡。正因為如此，我不懂得要怎麼正視自己心裡的感情，進而親手將其堆疊起來或全盤推翻。一無所知地面對眼前處理不來的「戀愛」，導致我撇開根本上的癥結，任由激情行動，而且……結果還是一無所獲。

儘管我已經讓吉田操了那麼多的心，甚至讓神田與三島那樣地大力相挺，卻還是一樣。

我……非得否定我自己才行。否定完以後，就得予以肯定才行。我非得審視排斥的部分，努力變成喜歡的自己才行。

要不然就無法向前進，我已經明白這個道理。

『不過，該怎麼說呢……後藤小姐，妳對那個女生，呃，是叫沙優對吧？沒有辦法絕情，當中的心思是不是用一句『裝成熟』就能打發，這我倒不清楚。』

神田說的話從腦裡浮現。

從沙優來見我的那一天，我就打定主意，不再對她客氣了。即使如此……要我強行剝奪她這段戀愛，我還是做不出覺悟。

我絕不是在跟她客氣。然而，我之所以辦不到那一點……

肯定就像神田說的……那是因為，我也早就對沙優有了好感。

我在害怕，要主動扣下讓她失戀的扳機。與其做出那種傷人的舉動，還不如由自己退讓……內心某處是有這樣的想法。

不過……對於吉田，我也懷有與那同等的龐大喜愛之情。

假如以沙優為重，因而失去了跟吉田的這段戀愛……我肯定會後悔。而且我明白，那將一直牽掛在心裡。

走著走著，胸口深處痛了起來。我知道眼眶深處在發熱，便連忙眨眼。深深地吸進空氣。可以曉得湧上的情緒正逐漸緩歇。

現在不是哭的時候。

我敢說，像這樣的糾葛……每個人肯定早就處理過了。因為我一路走來都在逃避，所以當下才會為此痛苦。

我要做出選擇。為了做選擇……我要思考。
我認為……那是有必要的。為了自己……也為了所有與我有關的人。

第7話 摩天輪

沙優上京，後藤小姐調職……儘管狀況的變化令人眼花撩亂。

說來也不是日常生活的一切都有了劇變，不可思議的感覺。

日期在成天工作間越過越多，一回神，下週起後藤小姐就要調離了。

後藤小姐上週末曾邀我：「下週末要不要約會？」但是她忙著準備調職的事宜，就算是週末也得花時間打包行李。由於有這層因素，我們決定在週五下午請半天假去約會。

我們知會過其他職員「今天下午要請支薪假」，做完自己的工作才離開公司，但我想橋本及三島並不會看漏後藤小姐也在相同時間離開公司這一點。哎……也無妨就是了。反正那兩人對於我們的戀愛早就知情，事到如今也沒有什麼好害臊吧。

「雖然我第一次來，還真有都會感呢。」

走在旁邊的後藤小姐這麼說，因此我一邊點頭，一邊學她環顧了四周。

目前，我們正走在橫濱港末來２１。

如後藤小姐所說，高樓街景固然給人「相當都會」的印象，同時卻也有一絲海潮味隨風傳來。除了地標大廈之外，純以「街容」為比較對象倒沒有太多高樓，既讓我覺得「好繁榮」又不致雜亂擁擠，很不可思議的一座城市。

路上行人好像也比往常街頭看見的更時髦，讓我有點無處容身。穿制服的女高中生零星交錯其中，而且都化了妝，果然與我所想的——自己讀高中時的熟悉景象——顯得相當有出入。

「你怯縮了？」

後藤小姐彷彿看穿了我的內心，於是帶著使壞似的表情問道。

「哎……是啊。我不是很會打扮，又不常來這種地方……」

我搔著後腦杓這麼回答，後藤小姐就嘻嘻笑了。

「我也一樣喔。」

「後藤小姐，妳很會打扮的吧！」

我忍不住大聲回話。

穿西裝太沒情調，因為後藤小姐這麼說，我們就在離開公司後先回家再重新約地方碰面了。

後藤小姐穿了黑色的貼身無袖毛線衫，搭上一件看不出是什麼材質的薄料——略顯透明——外套？底下則穿著同樣薄料的白色膝下裙。鞋跟較高的黑高跟鞋與白裙子相互映襯色澤，因而更添存在感。

跟後藤小姐平時的形象相比……我想不出別的形容詞，坦白說就是看起來較年輕的裝扮，可惡的是卻穿搭得既巧妙又合適。無論怎麼看，都是個有時尚感的人。

「後藤小姐，妳平時就會來這種地方吧？穿時髦的衣服。」

「什麼話啊，我也跟你一樣啊。」

「哪裡一樣？」

「像是放假就會在家喝酒，連家居服都沒有換就過完一天？」

聽了不太能想像的場面讓我腦袋混亂，她卻毫無顧忌地繼續說：

「雖然我沒來由地對這種時尚都會感懷有憧憬，一來到這裡，又會覺得連路上行人都好懂打扮而怯縮的喔？約會對象赴約要是穿得比自己更時髦，我也會擔心自己看起來時不時髦啊？」

話說到這裡，後藤小姐拋了媚眼過來。我只得服輸，並且點頭如搗蒜。

「……大致上都一樣耶。」

「對吧？像這套衣服，也是我上週末專程去買，幾乎都讓店員幫忙挑的……」

「咦……」

後藤小姐看我不禁目瞪口呆，偏了頭表示不解。

「怎麼了？」

「呃，那個……」

我一邊感覺到自己變得臉紅，一邊嘟噥回話：

「我穿的衣服……也是這樣來的……」

這次換後藤小姐浮現目瞪口呆的表情，然後，她彷彿憋不住地笑了出來。

「啊哈哈，我們真是糟糕的大人耶。」

「對呀……」

聽後藤小姐嘻嘻笑個不停，我也覺得緊張感逐漸舒緩了。

明明像這樣跟後藤小姐約會也不是頭一遭，我這次還是不例外地緊張得全身僵硬。等這場約會結束，她真的就要去仙台了。當然，我有打算主動去跟她相聚，但是那便不能像以往一樣天天碰面。

起碼今天要好好約會，開心地度過。

「那現在知道彼此都是打腫臉充胖子了，就放鬆肩膀的力氣逛一逛吧。」

我說道。而後藤小姐有些欣喜地點了點頭。

「嗯。不要緊，吉田，你穿得很時髦喔。」

「後藤小姐，妳也是。」

我們倆彼此笑了笑，並且走在橫濱港未來２１的街道。至於目的地，則是距離我們碰面的地下鐵車站約十幾分鐘路程的遊樂園。

遊樂園比想像中還要空。當然，並沒有到空蕩蕩的地步，但是與「遊樂園」一詞讓我聯想的人潮相差甚遠。儘管帶小孩來的遊客也稀疏可見，基本上能夠看出大家都是來約會的。

「氣氛滿安靜呢，跟想像相比。」

「是啊。妳覺得好嗎，像這樣？」

我問道，後藤小姐就純真無邪地笑著說了「當然」。

之所以如此，我們會來這裡也是因為後藤小姐提議：「難得安排時間約會，要不要到遊樂園看看？」

對所謂遊樂園不太熟的我，急忙查了可以供大人當約會地點的遊樂園。畢竟近期讓我留下回憶的遊樂園是千葉那座有著世界知名角色的主題樂園，但我不太能想像自己跟後藤小姐在那裡玩得開懷的模樣。

「遊樂設施，妳有沒有想玩哪一項？」

「嗯～最想去的是摩天輪……」

隨著後藤小姐回話，可以曉得我的心臟怦然蹦了起來。跟後藤小姐一同搭摩天輪。當我選定這座遊樂園的時候，就已經知道最吸睛的設施是大型摩天輪，因此心裡有一些期待……不過聽她像這樣隨口提起，難免還是會小鹿亂撞。

「摩天輪在傍晚以後肯定很漂亮吧？」

「咦？啊，是的……肯定沒錯。」

「你怎麼了嗎？」

「沒什麼，沒事。」

等天色變暗，再搭摩天輪，跟後藤小姐一起。腦子裡差點錯亂，使我回話變得語氣生硬。

「傍晚前要不要先晃一晃？我不太敢搭雲霄飛車之類，所以如果有比較和緩的設施會想試試看。」

「我明白了。就照那樣吧。」

總算取回平常心以後，我點頭。還額外地獲得了後藤小姐不敢搭雲霄飛車的情報，內心有些欣喜。搭雲霄飛車玩得開懷的後藤小姐——倒也讓人滿想見識看看——我實在不太能想像。

跟後藤小姐一同走在初訪的遊樂園很開心。

讀高中時跟朋友去遊樂園，就是一項接一項地排隊玩遊樂設施，等待的期間會談起學校或社團的事，還有誰跟誰互相喜歡的花邊傳聞……話題聊都聊不完。玩起來連等待時間幾十分之一都不到的遊樂設施，更是讓我們玩得興高采烈。儘管那同樣讓我留下了愉快的記憶，到這把年紀卻怎麼也不覺得能用一樣的方式享受遊樂園。既然是跟憧憬的女性兩人同遊，那就更不用說了。

我們一邊放鬆心情閒聊，一邊拿著飲料在遊樂園裡散步。「遊樂園」之名果真不虛，主打的遊樂設施以雲霄飛車類居多，但也有幾項是可以讓人放鬆心情玩的。尤其是運用萬花筒結構的迷宮遊樂設施，既可享受夢幻氣氛，「尋找迷宮裡的紀念章」這項主要玩法也很有趣，我久違地體驗了「與人同樂」的感覺。

經過鬼屋前面，我提問：「要不要進去看看？」只見後藤小姐用前所未見的表情猛搖頭，讓我看得心生憐愛。明明是後藤小姐提議要玩旋轉木馬，一搭上去就害羞起來的她讓我也跟著難為情……

相較過去以用餐及旅行為主的約會，能就近看到後藤小姐的各種表情，我覺得自己比預期更加心動且樂在其中。

明明也沒有一項接一項地搭遊樂設施……時間仍在閒遊中轉眼即逝，回神後就接近日落時分了。

我們在飲食區簡單用了晚餐，小歇過後，後藤小姐支支吾吾地開口：

「差不多……要搭摩天輪了嗎？」

明明先前已經夠讓人小鹿亂撞的了，我卻感覺到那句話讓我的心跳速率急速提升。

不只是我，後藤小姐開始緊張的情緒也有傳達過來。那樣更讓我變得窮緊張，於是從摩天輪門票買完到搭上去之前，我們倆都變得一語不發。

一搭上去，摩天輪的存在感相當驚人。我在電視劇看過幾次，那壯觀的設施，就跟電視裡看到的一樣點起了七彩燈光。

上次搭摩天輪不知道是什麼時候了。讀高中時去的主題樂園根本沒有摩天輪，因此最後一次或許是小時候父母帶我搭的，在某座連名稱都不記得的遊樂園。

摩天輪緩緩運作，剛覺得「慢慢從地面離開了」，回神後已經來到相當可觀的高度。感覺很獨特的時間流逝方式。

當地表變得遙遠時，後藤小姐才總算開口。

「好美。」

後藤小姐瞇著眼，朝外頭的景色看得入迷。原本我都在看底下，於是沿著後藤小姐的視線望了過去。

儘管夕陽尚未完全下山，高樓點亮的盞盞燈光正耀眼地閃爍，跟地表仰望到的景象有不一樣的美。舉凡在電視上，也會從美國等地的高樓大廈轉播夜間景致……即使看了那種影像，過去我都心無波瀾地認為：「明知道這些不過就是電燈而已，有那麼美嗎？」像這樣實地見識後才了解原來如此，確實有絕美之處。

「是啊，非常美。」

我附和之後，可以曉得後藤小姐側眼看了我。

「像這樣跟你來搭摩天輪，是我幾年前想都沒有想像過的。」

「那麼說的話，我也是。」

聽我這麼回答，後藤小姐就嘻嘻地笑了。她說：「或許是那樣沒錯呢。」然後從鼻子呼了氣，又繼續說下去：

「不過吉田，我想自己肯定比你訝異得多。」

「妳怎麼知道呢？」

我忍不住發出有些氣悶的聲音，後藤小姐卻不以為意地看著我笑了。

「因為……一直以來，我都自己『選擇』了以不變應萬變。」

她格外明確地這麼說道。然而，我掌握不到話裡的含意，只能微微地偏頭。

「被你告白的時候，我真的很高興。但我選擇了維持現況，還拒絕你的告白。假如當時我坦然接受，或許一切都已經改變了。」

後藤小姐的視線始終朝著摩天輪外，並且淡然道來。

「得知你跟沙優一起生活時……我也假裝能對沙優和你投入感情……不，投入感情是真的。但是我以那樣的情緒為由，怠慢了身為大人該有的應對。對此我並不會覺得後悔……然而，當時我做的判斷，總歸是主動疏遠了自己想要的事物。」

後藤小姐談起了「自己的過錯」……語氣卻相當灑脫。彷彿已經將那些接納於心。如此談論自己的後藤小姐，顯得比平時更美了幾分。

「我一直……一直都是這樣活過來的。原本我以為往後大概也一樣。不過呢……」

說到這裡，面露沉穩表情的她望向我。

「認識你以後，透過你，我認識了許多人……然後，我好像也慢慢開始有了改變。結果跟你就像現在這樣，變得比以前親近了。」

從她口中說出那樣的話，讓我訝異得一時說不出話。

後藤小姐變了。或許是的。我之所以沒這麼想過，肯定是因為沙優回北海道以後，我就跟後藤小姐急速拉近了距離。

我先是愛上後藤小姐，然後告白被甩，隨後又把沙優留在家裡，後藤小姐來接觸的次數就突然變多了。但是，那所謂的「接觸」也只是能吸引我的注意就盡量吸引，結果依舊不肯把要緊的話說出口，更不願意拿出行動……感覺上，就是繞了這麼遠的圈子。我對她那樣的態度感到十分焦躁，卻還是無法討厭她。

只不過……對我而言，那一連串流程，肯定是「大有地位」的。

談到後藤愛依梨這個人，說句不好聽的，便是「有手段」。或許……我對她早就懷著如此的成見。

邀我用餐的次數變多，還有邀我到京都旅行……只要仔細一想，就知道是來自後藤小姐的大動作。懷著期待前往旅行，結果後藤小姐不肯給出我想聽的話，我就孩子氣地忍不住發怒……可是，考量到以往的互動，能夠兩個人結夥旅行根本是奇蹟般的事啊。

後藤小姐也在改變。一點一點地。

反觀我……又是怎麼樣呢？

「所以……這次我要先明確說清楚喔。」

後藤小姐將臉連同原本朝著窗外的身體轉向我，然後說道：

「即使調職了，我也不會放棄你。」

我感覺到，心頭有股暖暖的情緒在膨脹。光用高興沒辦法表達的情緒。與此同時，我卻對「不會放棄」這樣的用詞覺得有異。

哪有什麼放不放棄……

一想到這裡，後藤小姐似乎就看穿了我的思緒，又繼續說下去：

「……還有沙優在，對不對？」

原本心裡洋溢的溫暖情緒，感覺因為那句話逐漸唏哩呼嚕地洩了氣。她又提這個？

大概是我將失望的臉色表露得太明顯，後藤小姐略顯惆悵地蹙眉，別過了臉。

「對不起。之前我也說過……我並不是不信任你喔。」

「我懂……後藤小姐，但是妳設想了我移情別戀跟沙優在一起的可能性，讓我有點難受。」

「……是的，對不起。」

我並不是希望她道歉。不慎逼她那麼做讓我感到心痛。然而，我也不能不說。面對戀愛，為什麼我就會變得這麼孩子氣？

「不過呢，剛才我也說過……人是會變的喔？」

後藤小姐溫婉而明確地這麼斷言。

「我覺得，自己慢慢地有所改變了。對此，我感到欣慰。不過……那並不是出於我本身意志的力量。只是因為與你們幾個認識，自然而然就變成這樣了。」

後藤小姐說到這裡就嘻嘻笑了笑。

「在那途中，我根本沒發現自己正開始改變。畢竟，我本來以為自己在他人眼裡，時時都可以當個『理想中的成熟女人』喔？明明那層表象早就破功了。」

聽她那麼說，我也只能苦笑。的確，在我的心裡，後藤小姐的形象也已經跟幾年前差遠了。

「自己認為『該是如此』的意志……會在跟他人來往的過程中，如斯輕易地瓦解。縱使自己並不樂見其成。」

後藤小姐的眼睛毫不留情地朝我窺探而來。那跟先前的溫婉氣息有些不同。彷彿要強烈傾訴些什麼的毅然態度，讓我受了震懾。

「你也變了。改變的程度，任誰都看得出來。」

「……」

我講不出話。對於改變，我自己是有理解的。正因為如此，很容易就能想像她後續準備說些什麼，令人煎熬。

「吉田，你是由誰改變的呢？」

問題毫不留情地擺到面前，我無法回答。答不上來，就是明確的答案，雙方都明白這一點。

「往後……你會想要跟誰一起改變呢？」

「那還用說……！」

那還用說，當然是妳——彷彿要制止準備把話說出口的我，她悄悄地用食指按住了我的嘴唇。

「我希望你……在往後，能慢慢思考那一點。」

「……唔。」

我覺得，她好奸詐。

果然，我在口頭上贏不過這個人。

「妳明明說過不會放棄……」

我細聲嘀咕，後藤小姐就為難似的笑了。

「當然，我才沒有放棄。」

「可是妳替沙優作了嫁衣裳啊。」

「我不是在替她作嫁衣裳。只是希望你也能好好面對沙優的戀情。」

原本我有意冷靜，卻感覺到腦袋裡一陣光火。

「那我要是真的選擇了沙優，妳也覺得好嗎！」

我不禁扯開嗓門，後藤小姐卻狀似咬緊了牙關，然後緩緩說道：

「當然不好啊。但是……如同之前說過的。在沙優跟你做出結論前，我也不想急著把你搶走。」

「縱使妳沒那麼做，就有可能失去我？」

「……是啊，沒有錯。」

後藤小姐明確地這麼說道。

「這次，我沒有逃。在我心裡，有兩種想法都是由衷而來的。」

那太詐了吧。我想這麼回嘴，卻說不出口。

因為看見後藤小姐的正直眼神……就能感受到她為了告訴我這些，究竟下了多大的決心。

她本人也明白。這些話有多麼任性。

希望我能喜歡自己。不打算放棄。儘管她這麼向我表示，卻又希望我能正視沙優的追求，這就是她的語意。明明後藤小姐知道我喜歡的是她。豈有這麼任性的事。

然而……面對像這樣鼓起勇氣，還正直地表明本身心思的人，我無意再像以前一樣質疑「那我的心意要怎麼辦呢」。

她已經糾結得夠多了，既明白在我心裡，沙優這名女性——哪怕當下並無戀愛感情——是特殊的存在，又明白大幅改變我這個人的就是沙優。將那一切都考量進去以後，她還是不打算立刻為這段感情做出了斷。

我也明白。後藤小姐願意喜歡我，這是我早就明白的。我並不覺得自己是單純遭到拖延，才沒能獲得答覆。

去後藤小姐家那天，她說過的話就包含了一切。而且跟當晚相比，她那份情意更深了。後藤小姐已經斬斷迷惘，還重新向我表明自己的立場。

「……我明白了。」

彷彿從喉嚨裡擠出聲音的我，做出了答覆。

「……我一定，會去見妳。」

後藤小姐對我說的話一邊露出溫柔笑容，一邊點了點頭。

「嗯，我等你。還有，我也會去見你。」

「然後……見不到妳的時候，我也會跟沙優單獨見面喔。情況就是這樣……妳覺得可以吧？」

「……嗯，我希望你能那麼做。」

後藤小姐鬆口氣似的點了點頭。

「……唉～」

垂首的我搔了搔腦袋。

「簡直是亂七八糟呢，這樣談戀愛。」

「啊哈哈，沒錯。對不起。」

後藤小姐噗哧發笑，我瞪了她一眼，看見我這樣的後藤小姐又嘻嘻地笑了笑。

「即使如此，你還是肯接納的吧。吉田，你真溫柔。」

「還講什麼接不接納……唉，混帳。」

我才沒有服氣！真想這樣告訴她。然而，後藤小姐肯定也明白那一點。我會想到的念頭，她自然都看在眼裡。

「吉田，我要到你旁邊喔。」

後藤小姐講完，就不由分說地坐到了我的旁邊。

然後，她的左手便與我的右手交纏。由於牽手的方式太過自然，我來不及緊張。她的頭，輕輕地靠到了我的右肩，雖然不知道是洗髮精還是香水，總之有股甜美的香氣。

「唉～仙台啊。感覺好遠喔。」

後藤小姐用無力的聲音這麼說。

我不回任何話，只是用力將她的手握住。後藤小姐似乎也察覺了，便從鼻子裡發出「呵呵」的聲音，然後同樣回握了我的手。

摩天輪早就開始往下降。要是永遠都不會抵達地面多好，我心想。

第8話　家庭

放完靜不下心的假，來到週一，後藤小姐就不在辦公室了。

在後藤小姐的辦公桌，坐著接手她所負責專案的幹部員工。儘管大家對這一點並無不滿，我卻覺得辦公室裡的氣息明顯跟平時有別。彷彿有幾分戰戰兢兢，心靜不下來的氛圍。沒想到光是換了個人，辦公室裡的氣氛就變得這麼多，讓我不得不強烈地意識到「後藤小姐不在了」。

話雖如此，業務仍得照常辦理。我反而覺得，情況越是有所改變，越能刻意讓自己專注於工作。

我盡可能不想無謂的事情，只顧埋首工作，一轉眼就到了午休時間。

一如往常地讓橋本邀我去午休以後，他一邊將湯匙伸進炒飯，一邊露出了苦笑。

「後藤小姐，真的不在了耶。」

雖然早知道會這樣——橋本說著，把炒飯含進嘴裡。

「她一不在，職場的氣氛就完全不同了。」

「就是啊。」

我一面回話，一面吸吮醬油拉麵。

「果然，辦公室裡還是需要有美女啦。」

橋本做出了讓人分不清是認真或開玩笑的發言，然後瞥向我。

「……吉田，所以你打算怎麼辦？」

聽得出他從最初就想問這個，一針見血。

我若無其事地回答：

「我會去見她啊。定期到仙台。」

聽了我的回答，橋本吃驚似的當場連連眨起眼。

「……令人意外耶。」

「意外什麼？」

「我還以為你橫豎是會嘮叨『有工作要做』之類的。」

「……哎，被你那麼說好像也沒辦法。」

我苦笑著點頭。橋本見狀就更顯訝異地將湯匙擱到盤子上。

「……吉田，總覺得你又有了改變？」

從橋本的話裡，感覺不出像平時那樣消遣我的味道。

我變了嗎？被問到這一點，我自己實在分不出來。可是，相較於以前，我覺得自己好像能冷靜理解至今做過的事情，還有往後該做的事情了。

「畢竟，之前沙優那次也挨了你的罵。有事情該做的時候，我不會再用工作當藉口了。」

聽我這麼回答，橋本先是迷糊地冒出「哦～」的聲音，然後便賊賊地笑了。

「那樣的話，我違背本色向你說教也就值得啦。」

橋本點了點頭，接著又開始把炒飯往嘴裡送。

我們倆有一陣子都默默地用餐，但是，橋本突然「啊」地叫出聲音。

「對了吉田，葵想要跟你見個面，今天下班後要不要來我家吃飯？」

「……啥？」

葵是橋本老婆的名字。平時只聞其人的她，會想要跟我見面？而且，以往隨口聊到「找我去你家坐坐嘛」，也始終沒有點過頭的橋本突然邀自己吃飯，更是讓人困惑。

「怎樣啦，你之前不是想來？」

「呃，話是那麼說沒錯……感覺太突然。」

「後藤小姐也不在了，你平日都閒著吧？當成來放鬆啊。」

橋本莫名地殷勤。我仔細地打量了他的神情，卻感覺不到單純邀我到家裡玩之外的用意。

唉，反正我對橋本的生活一直都覺得好奇，又沒有什麼理由好拒絕，困惑歸困惑，我還是怯生生地點了點頭。

「好吧……既然你那麼說，我去一趟。」

「ＯＫ。我先跟葵知會一聲。」

橋本立刻拿出智慧型手機打起簡訊。

老實講，我頭上的問號沒有消失，但現在要深究也解決不了什麼。

我用筷子夾起一大團已經開始泡軟的拉麵，並且唏哩呼嚕地吸吮起來。廉價的醬油還有小麥香味在口中擴散，腦子裡感覺似乎鎮定下來了。

唉，好不容易獲邀，就當成單純到人家家裡玩吧，我有意過去打擾。

其實，今天我一直拚命避免去意識後藤小姐不在的事實，因此能像這樣受邀去橋本家裡，感覺也是很可貴的。

「葵也說ＯＫ。你看，她還回訊說『要努力下廚』，真是太好嘍。」

有別於平時的淺笑，橋本笑逐顏開地將通訊軟體的畫面亮給我看。「要努力下廚」的文字訊息後頭，還附了巴哥犬雙手握拳的醜醜貼圖。互動方式感覺滿有年輕氣息，看了連我這邊都跟著寬心。

「麻煩幫忙轉達，到時要受她照顧了。」

「OK，我替你轉達。」

橋本用了有些雀躍的語氣說道。

看他顯露出這麼明顯易懂的情緒，總覺得很新鮮，我對於下班也變得有些期待了。

下班後，我配合橋本準時從公司離開了。

睽違幾年搭上橋本開的車，直接往橋本家駛去。

我聽過他住在哪一帶所以知情，然而搭車望著平時全然不會經過的路，內心就莫名坐立難安。彼此當同事兼朋友已經滿久了，我卻完全不曉得他是沿什麼樣的路來上班。明明那是合情合理的，然而交情這麼久的朋友也還是有自己不知道的事，讓我落得有些不可思議的心境。

「要到嘍。」

聽見橋本開口，我才驚覺。

回想起來，上車以後我跟橋本只交談過一兩句。我也體認到彼此有著沉默這麼久都不會尷尬的交情。

橋本家位於從公司上國道一路行駛，開不到二十分鐘轉進小巷，再多跑五分鐘就能抵達的閑靜住宅區。

「到了到了。」

橋本說著，將車子暫停於雅致的獨棟洋房前。

「獨、獨棟的啊……」

「我沒提過嗎？當然了，這是靠貸款啦。」

橋本一邊說得彷彿若無其事，一邊倒車將車子停進家門前的停車格。

同事不僅已經結婚，還有自己的房子可住……！

全方面都被人超前的事實讓我挫折地下了車。

看橋本替車子上鎖，再熟手熟腳地走到玄關打開門鎖的模樣，可以曉得這就是他的日常生活。

「請進。」

「打、打擾了……」

橋本推開門邀我進去，我便怯縮地踏進了玄關。

此時，應與客廳相通的門開了，從中有個穿圍裙的黑長髮女性探出臉孔。服裝本身完全稱不上花俏，突然闖入眼簾的端正臉孔卻讓人懷疑「這位是女明星還是模特兒？」

使我一陣詫愕。

「喔，歡迎！等你們很久嘍～」

「要受妳關照了……！」

近幾年來，我從未將背脊挺得這麼直，還用發抖的嗓音向對方這麼問候。

「連伴手禮都沒帶，真的很抱歉。」

「別在意！反正是那個人突然提議的吧～！再說吉田先生，你本身就相當於伴手禮啊。」

「……？」

「好了好了，總之先進屋子啦。」

聽對方語焉不詳的我偏過頭，背後就讓橋本推了一把。

我戰戰兢兢地脫鞋，並且再次低聲說著「打擾了……」到橋本家裡叨擾。

心情比想像中還要緊張。

「欸，橋本……」

向橋本搭話的我壓低聲音以免讓已經進客廳的橋本老婆聽見，他就一副不以為意地偏了頭。

「怎樣？」

「……我可沒聽說妳老婆有這麼漂亮！」

「咦？我平時都有提到啊，她是大美女。」

「呃，話是那麼說沒錯……但你又完全不肯拿個照片給我看。」

「那當然了。引以為豪跟向人炫耀是兩回事。」

橋本淡然說了句帥氣的話，然後賊賊地對著我笑。

「怎麼，太漂亮讓你緊張起來了？」

「對啦……！」

我反射性地低聲怒斥，橋本就哈哈笑著指了客廳前的盥洗室。

「行了行了，先去洗個手。沒事的，她對我以外的人都很好，還是個親切的人。」

「好、好啦……呃，這是洗手乳？」

「對。消毒酒精在旁邊。我家屬於紙巾派，你就用右邊的存貨擦手，擦完丟進底下垃圾桶。」

「了解……」

光是在別人的盥洗室洗手，感覺便莫名緊張。原來有人在家裡用紙巾啊……我如此心想。

當我擦手的期間，橋本也熟練地洗完手，隨便擦過手就先進客廳了。

「來吧，你也趕快。」

「好……好啦……」

客廳已經傳出挺香的味道，橋本在裡面向我招手。

結果我絲毫也沒能放鬆緊張的情緒，就匆匆進了客廳。

「你覺得，這個人向我告白過幾次？十次喔，十次。很離譜吧！」

葵太太豪邁地喝起罐裝啤酒，然後「砰！」的一聲將罐子擱到餐桌上……還連連用手指著橋本說道。臉色是微微泛紅的，至於語氣原本就不拘小節，卻連嗓音都聽得出開始有醉意。

餐桌上留著許多分不完的晚餐菜色。正如同橋本手機收到的「要努力下廚」訊息，葵太太親手準備了份量明顯不是三個人能吃完的飯菜。「吃剩下的給我老公帶便當就好，所以你別在意！」葵太太毫無顧忌地這麼說，跟我之前心目中橋本老婆的形象差遠了，很有意思。

之所以如此，也是因為以往從橋本口中只聽說過：「我老婆漂亮、清純、個性爽快、又有決斷力，是個無可挑剔的人啦。」單從今天交談的印象來看，感覺「個性爽

快」的部分是比前半段那些形容強烈……也許橋本從以前就跟她往來，印象又會有所不同。

「妳稍微摻水了吧？我沒有告白那麼多次啊。」

橋本語帶苦笑地這麼說，葵太太卻提高音量強調：「沒～有！」

「包含玩笑話在內，你就是告白過十次！」

「那不能算進告白的次數啦。類似刺探而已嘛。」

「有沒有被告白，要由我來決定～！誰教你真的夠噁心的。」

「你不覺得她這樣很過分嗎？」

橋本狀似無奈地把水遞來，我卻只能苦笑。

「你們感情真好耶……」

我老實吐露感想，橋本就「啊哈哈」地笑，葵太太則使勁擺出了排斥的臉色。

「唉，我們只有來往的期間特別久。」

葵太太這麼撂話表示，然後瞥了橋本一眼。

「高中二年級時，我跟這個人同班喔？」

「咦！你們不是讀大學時認識的嗎？」

我聽橋本提過「大學時期瘋狂求愛卻一再被甩」的往事，所以才大聲驚呼。

「認識是在讀高中時啊。順帶一提，我高三時就被告白過一次。」

葵太太煩厭似的甩甩手回答我。

我提出心裡純粹浮現的疑問。

「順帶一提……當時為什麼會拒絕？」

我一問，橋本就嘀咕：「啊，說來也是喔。」然後興趣濃厚地望著葵太太。

「我聽過答應交往的理由，卻沒聽過當初被甩的理由。所以是為什麼？」

連橋本也在問，葵太太就尷尬地交互看了我跟橋本。或許是心理作用吧，感覺她的臉比剛才還紅。

「要說為什麼……那當然是因為我覺得你並不真心……」

「咦？我不記得有告白得那麼隨便耶？」

「不是那樣！當時，你超有女生緣的啊。」

「那跟我的告白有什麼關係？」

不否認自己有女生緣，我覺得很符合橋本的作風。那姑且不提，我對這件事也相當有興趣，因此就沒有多插嘴，轉而當一名聽眾。

「呃，所以說啦。我以為你是用報考當紀念的心態告白的嘛。」

「『既然我有女生緣，要是跟全學年最正的女生城里生葵告白的話，說不定會ＯＫ

喔！』妳是指類似這種心態？」

「對！」

連這都不否認啊？我差點笑了出來……唉，女方有異性緣倒是不難想像。將客套話撇開，我覺得她的相貌就算聲稱「其實自己是藝人」也嚇不著我。原來有這種五官零件無一不端正的臉啊？我不由得這麼想。再加上這種開朗的性格，還有親切度。高中時期想必頗受歡迎。

「原來如此，所以妳是那麼想的啊，好令人受傷。」

橋本一邊嘻嘻笑著這麼說，一邊偏了頭。

「咦，那我做個假設喔，當時我如果有表達自己是真心的！是不是就ＯＫ了？」

「怎麼可能嘛。當時我對你根本沒興趣。」

「……雖然我早就知道了，卻還是覺得很受傷。」

「你才沒有嘴巴上說得那麼受傷吧。」

葵太太哼聲以後又仰頭喝起罐裝啤酒。接著，她確認裡面喝完了，就動作流暢地將空罐擱到流理台，並且從冰箱取出新的啤酒。

「對你沒興趣當然是不用說的，當時我根本對戀愛也不太感興趣。倒不如說，女生之間一起玩還比較開心。」

「感覺好像是那樣喔。」

橋本側眼看著葵太太一口口地喝起啤酒，然後嗤之以鼻。

我一邊聽他們倆那樣對話，一邊又提出了忽然想到的疑問。

「怎麼樣的心境變化？」

話出口以後，我才警覺表達得太過片段，連自己都不免心慌。我正打算開口補充的同時，葵太太就偏了頭問：「你是指什麼？」她基本上都對我用敬語，不過有時候就會像這樣冒出平輩用詞。雖然不至於有失客氣，距離卻好像一舉拉近，有點難為情。

「呃，那個……妳對戀愛沒有興趣，對橋本也沒有興趣……可是，結果卻決定跟他交往吧？」

我說到這裡，葵太太就發出「啊～」的聲音，然後朝橋本瞥了幾眼。

「嗯～……應該怎麼說呢。」

葵太太把啤酒含進口中，隨後吞嚥，還發出「唔～」的嘟噥聲……這一套動作大約重複了三次，她才說道：

「……唉，類似於『遷就』吧？」

「遷、遷就？」

從先前的對話經過，我並不認為她會在這時候做出羅曼蒂克的回答，冒出來的字眼

卻消極得遠遠超乎預料，不免讓我錯愕。

「哎呀～甩了他九次還來告白，到底會認為是真心的……既然是認真的，感覺試著交往看看好像也可以嘛。」

葵太太這麼說完以後，就用食指搓了搓鼻尖，接著還掩飾害臊似的向橋本徵求附和：「對吧？」

「嗯。實際上，當時我也覺得『妳總算肯遷就了』。」

橋本也苦笑著這麼說道。

「原來……你們是這樣交往的啊……」

我實在想不出巧妙的詞來接話，只好含糊帶過。橋本見狀就哈哈地笑了。

「唉，吉田應該會覺得說不通吧。」

「畢竟他看起來一本正經啊。」

臉色紅潤的葵太太也替橋本幫腔。這種場合所說的「一本正經」，我覺得好像並沒有太正面的含意。

像這樣對話，會知道他們倆關係良好，結婚生活看起來也相當幸福。然而，那卻是來自「遷就於再三的告白才答應交往」……實在是讓我想像不到。

「我這個人啊，就是自我中心。」

橋本大概是注意到我為難的臉色，便盯著我說道：

「吉田，換成你在我這個立場，肯定是一度被甩就不會告白了吧。畢竟你在告白過被甩的時間點，就會有類似『繼續糾纏將造成對方困擾』的想法。」

橋本說中了。他向葵太太展開的猛烈追求攻勢，我是絕對辦不到的。光是想像苦苦糾纏會造成對方的困擾，我就不覺得自己敢多做什麼。

「不過呢，造成對方困擾，是有多罪大惡極的事嗎？」

橋本那麼說讓我愣住了，葵太太則是「呵」地忍俊不住。

「要說的話，假如再三告白讓對方擺出了『你真的很噁心，是你害我精神健康狀況失調』的態度，那我就會死心。反過來說，只要事情沒有嚴重到那種地步，我就會希望以自己內心『想跟這個女生交往』的想法為優先。」

「我是曾經覺得噁心啦。」

「但妳又沒有特地跟我拉開距離。」

「差不多。畢竟我只是沒有想過要跟你交往，並不算討厭你。」

夫妻倆若無其事地對話。這表示橋本的猛烈追求攻勢，對她來說並不算困擾吧。

「女方沒拉開距離，我想就不是沒有希望。我無論如何都希望跟她交往，可以的話還希望跟她結婚……所以說，我反而把其他的事情全都放棄，試著用了自我中心的方式

追求看看。」

「其他的事情？」

橋本所說的話讓我自然而然地微微偏頭。聽剛才的說法，我會覺得橋本的行動相當進取……並不像放棄了什麼。

橋本嘻嘻一笑，並且點頭。

「嗯，簡單來說呢……好比『讓葵喜歡上我』就包含在內。」

聽橋本斷然這麼說出口，我跟葵太太都把話吞了回去。

我還沒開口，葵太太就搶先出聲質疑：「那算什麼！」

「我可是第一次聽你談這個耶。」

「哎，我又沒提過。」

橋本表現得滿不在乎，葵太太卻像是今天第一次看見他這樣，因而浮現有些複雜的神情，還拿起啤酒就口來掩飾。

橋本說，他希望跟葵太太交往。可以的話，還希望跟對方結婚。然而……為此他就把「要求交往」視為第一優先，認為對方剛開始並不用喜歡自己……是這個意思吧。

「該、該怎麼說呢……」

儘管我開了口拚命尋找詞彙……

「真是剪不斷理還亂……」

我只能擠出抽象的字句。聽見那句話，橋本小聲地呵呵笑了。簡直像是早知道我會有這種感想一樣。

「或許正常來想，是會希望熱愛的對象能對自己有一樣程度的好感……不過我覺得那好像希望渺茫耶。」

橋本說到這裡以後，才對我投以若有深意的視線。

「即使沒有喜歡的把握……也沒有發誓會永遠在一起，人依然可以交往結婚啊。」

可以曉得的是，橋本那句話讓我跟葵太太同時深深地吸了氣。

多麼冷漠的說詞啊。還當著老婆面前。如此的情緒在心頭湧現，我正準備將其化成言語。

「當著結婚對象的面前講這些，你太扯了！」

葵太太就先把我的想法連吼帶喊地說出來了。而且，她還奮力指向橋本。

橋本有些嫌煩地左右甩甩手，彷彿要撥開葵太太豎起的食指。

「葵，我現在不是在對妳說話。」

「我曉得啊，可是感覺那實在很傷人耶！吉田先生，你也覺得他說得很過分吧！」

葵太太突然將視線轉來，我一陣倉皇。

「呃，也對啦……難免。」

我含糊附和，葵太太就來勁地瞪了橋本說：「你看！」

橋本用了難以捉摸的柔和笑容面對葵太太追究。

「葵，不過以戀愛來說，妳是在分不清是否喜歡我的狀態就答應交往的啊。」

「才沒……！」

才沒有那種事！我以為葵太太會這樣把話接下去，但她只急著出聲講了頭兩個字，嘴巴隨即變得開開闔闔。

「……唔～……哎，嗯～」

「不要緊不要緊，我明白。」

「哎，我也是有很多想法的啦。我又不像你，可以把一切都轉換成言語。」

「那我也明白啊。」

「不，你才不明白～呃，錯了。你是明知道還裝蒜。誰教你的臉色像是在怪我這邊有想法都不說。」

「畢竟我要是說得自以為懂，妳會生氣啊。我又不想胡亂惹妳生氣。」

「都說不想惹我生氣，你還在客人面前講剛才那種話！你就想像不到我聽了會受傷嗎！」

「別、別吵架！你們是恩愛的夫妻吧？」

情何以堪的我忍不住出聲介入激動的夫妻倆。

「呃，橋本是因為……我處事的態度太不乾脆，所以說……他才會盡力像這樣對我扮黑臉……！是……是我不好！對不起！」

起身的我低頭賠罪，葵太太頓時愣住，然後急忙站起來連連朝我低頭致歉。

「沒有沒有沒有！我才要道歉……！一不小心就突然鬥起嘴！我們相處基本上都是這樣……應該沒有你想得那麼嚴重就是了。」

「對對對，這是家常便飯。」

橋本語帶苦笑地這麼說，然後補上一句「話雖如此還是抱歉」。

看見夫妻倆那樣，我鬆了口氣。橋本看我慢慢坐回椅子上，就賊賊地笑了。

「因為我都在炫耀葵的事，你就以為我們是恩愛的夫妻？」

橋本得意的臉孔一瞬間曾令人氣惱，但我立刻深深地吐了氣，並且搖頭。

「呃……現在看起來也還是啊……？」

常言道，床頭吵床尾和。儘管夫妻倆在眼前吵起來讓我心慌……該怎麼說呢，他們那樣的互動終究沒有讓我急得心想：「如果不阻止，也許這一對就要分了……！」正因為長時間一起相處，對於細節才不妥協吧……細膩的互動讓我這麼認為。

聽了我說的話，橋本與葵太太先是默默地朝彼此的臉孔相望……

然後兩個人同時別開目光，臉色還變得有點紅。

「噗哈。」

看我忍不住噗哧發笑，橋本難得扯開了嗓門說道：

「總之！我想說的是……」

「我大致懂了啦……」

「只有大致還不行。我要跟你把話說清楚。」

橋本堅決地搖頭，並且經過充分的醞釀，才告訴我。

「你們兩個，心思太複雜。」

「……就是啊。」

「即使不去體察對方的用意，也沒有關係啦。」

他想表達的意思，我自認可以了解。然而……就算那樣，我無論如何還是不能坦然點頭。

「……即使知道對方由衷希望自己那麼做？」

我無力地反問，橋本就點了點頭，意思是即使如此也無妨。

「即使如此，還是一樣啊。畢竟……那是對方的事吧。」

橋本為了不讓我逃避，於是凝望而來。上次被他像這樣認真相勸……感覺是沙優失蹤讓我急著找人那天的事了。

「吉田……你應該以你的想法為優先。要不然，無論經過多久，都還是無法行動。沒有行動，就無法獲得什麼。假如你不行動，又一無所獲……可是會後悔的喔。」

「……是啊，你說得對。」

橋本平時都一派瀟灑，講話也難以捉摸其用意……唯獨今天，我可以曉得他有想法要直接「表達」給我。

他……是在幫忙打氣。替我這段永遠都「看似有進展又沒有進展」的戀愛打氣。

我一邊聽橋本講話，一邊也想起了幾年前，麻美對我說過的話。

『吉田仔，重點是你想要怎麼做啦。』

沙優的哥哥來帶她回家時。我有苦惱過該不該繼續介入沙優的家務事。現在回想，當時我幾乎是心意已決的。在沙優的家庭問題從根本上獲得解決之前，我到底不覺得讓她回北海道是件好事。因為我認為與其像那樣在半途棄她不顧，還不如從最初就別留她住下來。

明明如此，我卻認定自己的那種想法是「出於私心」，還想擺出大人樣，用客觀角度看待。縱使從客觀角度來看，這段同居生活根本就稱不上「健全的關係」。

結果，那時候也是麻美先發難，又有許多人從背後推了一把，我才總算做出決斷。我甚至不由得心想……或許對一切的事情，我都無法自己拿定主意。

而且，現在聽橋本明講，同時又回顧了以往的自己……我好像才察覺到，自己什麼主意都拿不定的理由了。

「……以我的想法為優先，是嗎？」

我嘀咕，橋本則朝我這裡望了幾秒鐘，從而有些寬心地淺淺笑了笑。

「沒錯，以你的想法。吉田……因為你總是不以那為重。」

「對啊……好像是這樣。」

「哎，夠了。總之你試著發動攻勢嘛。別經過思考。」

橋本用食指「叩叩叩」地敲起桌面……然後，交互看了看我與葵太太。

「……說不定，對方的心思也會隨之改變啊？」

聽見橋本那麼說，葵太太抱起自己的臂膀，當場打了哆嗦。那是她示意毛骨悚然的舉動。看過以後，我總覺得身體一放鬆，不由得就笑了出來。

「倒不如說呢，那個~……」

葵太太直到剛才都默默聽著我跟橋本講話，現在則是有所顧忌似的望著我。

「我完全聽不出頭緒耶？把我晾在一邊以後就盡談吉田先生的事。」

葵太太鼓起一邊臉頰，並且交互看著我與橋本。

「咦？啊……」

接到葵太太的視線，我傳球似的看向橋本那邊。

「原來你都沒有跟她提過嗎？」

我一問，橋本就表示「當然的吧」而嘆了氣。

「就算彼此是夫妻，我也不會大嘴巴將朋友的感情事隨便分享出去啦。」

聽橋本說得好像天經地義，我又不小心噗哧笑出來。橋本愣住了。

「該怎麼說呢……扯來扯去你還是滿講義氣的耶，橋本。」

「你、你說什麼啊……」

橋本難得狀似尷尬地一邊摸著鼻尖，一邊將視線轉向斜下方。他在害羞……

「砰！」的一聲，啤酒罐——不知不覺間已經喝完——砸在桌面的聲音讓我跟橋本嚇得肩膀發顫。

「別只顧調情，拜託也讓我加入話題啦！」

「好、好的……！」

葵太太完全鬧起脾氣了。

「雖然這件事並不算多有趣……」

「聽人聊感情事怎麼會無聊啊！等等，我開一罐新的。」

「妳還要喝嗎……？」

「因為別人的感情事最下酒嘛。」

「我不是那個意思……！」

「沒用沒用，葵說要喝就是要喝。像她這麼能吃，酒量也這麼好，還不會發胖又能保持漂亮，很不可思議對吧？」

「不要順口就向我秀恩愛好嗎……？」

後來，我對葵太太談到了自己目前的戀愛狀況。沙優的事情感覺到底不方便攤開來講……因此我含混介紹成「一名沒有在交往卻曾經處於半同居狀態的年少女性」。

葵太太原本都一邊簡單應聲，一邊聽我說……然而越談到後藤小姐的細節，她越會冒出「聽了就火大的女人！」、「但我能理解她非要男人只愛自己的心理！」這種搖擺於憤怒與共鳴間的感想。

至於橋本，明明這些事他早就知道大概了，「葵太太聽我談這些的反應」卻好像讓他樂在其中。

該怎麼說呢……自己正深刻感到苦惱的感情問題，能像這樣在開朗的氣氛下讓別人「聽得開心」，說來算是挺新鮮的體驗……

對他們夫妻倆訴懷的過程中，感覺自己對於跟後藤小姐這段關係的煩惱，還有跟她在物理上有距離的沉重心情，好像都逐漸獲得緩解了。

當葵太太喝完第八罐啤酒時，我便決定告辭。儘管回程我打算搭電車回去……他們夫妻倆卻都堅持送我一程而不容拒絕。說是這麼說，要賴表示「我也要跟去！」的葵太太被橋本口氣相當強硬地交代「妳先喝水就寢」，就不情不願地留在玄關揮手送別了。

在車上變我們哥兒倆獨處以後……感覺實在安靜。

「……好有活力的人。」

我一說，橋本就悄悄哼了聲。

「她是不會掩飾情緒起伏的人。沒精神的日子就會沒精神到底喔。」

「無法想像耶。」

「那種日子就算找她講話也會被忽視，想上廁所時要是我在裡面，她還會踹門。」

「……該怎麼說呢……真不得了。」

「可愛吧？可是到了夜晚，明明她依然一句話都不說，在床上就會黏著我撒嬌。」

「……哦～」

「像今天鬥嘴你也不用放在心上。像那樣吵過以後，她就會變得滿熱情的。」
「欸，橋本。」
我忍不住瞪了橋本，他便顯而易見地悶聲笑著讓肩膀上下晃了起來。
「你不是說過引以為豪跟向人炫耀是兩回事？」
「吉田，我會期待從你那邊聽到這種話的。」
「囉嗦耶……」
一瞬間，我想像自己跟後藤小姐做了那種事，還在喝醉之間跟橋本談那些……臉就紅了。側眼瞥向橋本……就發現他的臉色也有一點紅。應該是相當勉強地在「慫恿」我吧。
雖然擺著一副機關算盡的臉……說來說去這傢伙還是有他青澀的地方。
不過，哎……
「……謝啦，橋本。」
目前，我覺得除此以外沒什麼好說。
橋本什麼都沒說，只是哼了哼聲。
我有好一陣子就任由汽車搖晃，並且默默地回顧今天發生的事。
雅致的房子，洗得乾淨的車，還有長得漂亮又由衷深愛著的老婆。

橋本看似擁有了一切。

然而……他想要的東西……肯定並不是全都已經拿到手裡，對於自己的決策想必也有後悔過才對。

如字面所示……他一直都是「從心所欲」地做出選擇，然後，獲得了現在的生活。

那真的是很了不起的事，並非輕易就能達成。

「你好厲害……」

我望著窗外嘀咕，便發現橋本的視線有一瞬間朝著這邊。

「在我看來呢。」

橋本把話斷在這裡，然後打了方向燈，在交叉口右轉。

「在我看來呢……吉田，感覺你也是挺厲害的人。我實在效法不了。」

「你也不想效法吧。」

我語帶苦笑地說，橋本就哈哈笑了笑，然後點頭認同：「是那樣沒錯。」

「雖然我不會想效法，卻有覺得羨慕的地方。」

「……我好像能理解。」

「吉田，你很厲害……所以我會希望你在工作以外的方面，也能有許多收穫。」

橋本的口吻與平時無異，然而……他說這些話，倒是有幾分恭敬。

我並沒有鼻塞，卻發出了吸鼻水的聲音，然後側眼盯著他看。

「……你不會明天就一命嗚呼吧。」

「噗哈！」

橋本猛然笑噴了，還樂得用右手猛拍方向盤邊緣。

「原來我被想得那麼沒人性嗎？」

「你平時都會用辛辣言詞刺激我取樂啊。」

「我說吉田，你不是也在期待我用辛辣的言詞嗎？畢竟你喜歡苛責自己。」

「……不知道該怎麼說。」

我一邊覺得靈魂好像快從嘴裡冒出來，一邊靠向副駕駛座的椅背，並且咕噥：

「話說在我身邊，全是些把我看透的傢伙，真氣人。」

「啊哈哈，說得沒錯。」

講了話隨即變得悶不吭聲……然後，又心血來潮地開口。這樣的過程不停地反覆，車子轉眼間就開到了我家前面，我一邊跟橋本互道「明天見」，一邊與他分開。

我的想法……我的，想法，是嗎……

我在心裡回味著同一句話，並且換完衣服，刷過牙……然後，久違地不帶著任何的煩惱入睡了。

第9話 故事

人在適應是很快的。

後藤小姐調職後，原本伴隨著奇妙緊張感而有所改變的辦公室氣氛，到週末就完全恢復原樣了。

聊到跳槽的話題，常有人煩惱公司缺了自己，可想而知業務就會沒辦法運作，因此遲遲不敢離職……然而面對這種人，處處可見的建議是「缺了自己就會日子過不下去的公司，是那間公司本身有問題，所以趕快離職吧」。我覺得應該真有那麼一回事。

後藤小姐不只監督許多專案，還能兼顧會計。以往她都一臉從容地應付那些，如今她調職了，卻在在顯示出那並非常人所能為。之所以這麼說，是因為原本她掌管的業務變成由其他幹部接手，然而一個人遞補上去能承擔的業務，其實還不到後藤小姐經手的一半。除了坐到後藤小姐職位的幹部以外，現在變得連其他上級甚至董座都要頂替一些後藤小姐的業務。

……然而，要問到那有沒有產生什麼大問題，答案是ＮＯ。

說穿了，即使少掉一個高規格的成員……東拼西湊也還是過得去。雖然員工較少的公司不知道能否比照辦理……就只是將原本由一個人肩起的重擔，改成讓眾多人手墊背罷了。

說來說去，公司裡的狀況除了後藤小姐不在這一點以外，已經算恢復常態了。習慣了，單就這點來說……我也一樣。

我已經適應後藤小姐不在的日常生活，比自己想像中還要快。可以說上班時也幾乎不會意識到她不在了，話雖如此，要談到對她的情意是否隨之淡薄了，答案也是ＮＯ。單純就是後藤小姐從我的日常生活消失了。我是這麼認知的。

「只剩兩天了嘛。」

下班時間還沒到就在準備下班的橋本朝我搭了話。

「剩兩天？」

「裝什麼蒜啊？週六，你會去的吧？」

「是啊……對喔，已經週四了。」

「振作一點啦。」

橋本一邊苦笑，一邊輕靈地將辦公桌上的東西往包包裡收。

「你可以開開心心地去玩。」

「不用你說，我也會那麼做。當下重要的是……週五之前要先把我負責的業務確實處理完。」

「你還是一樣認真耶。那我先走嘍。」

橋本拍拍我的肩膀，然後匆匆下班離去。他應該會迅速到家，並且享用葵太太做的晚餐吧。到橋本家打擾是十分開心的……不過因為夫妻倆生活的「解析度」隨之提升，我倒不是沒有湧上些許羨慕的情緒。

這且不提。

我瞥向時鐘，然後歇息。橋本回家就表示下班時間到了……但今天工作的進度實在不理想。不，與其說進度不理想，單純說該處理的業務量膨脹了比較正確。

週六，我就要前往仙台。希望到時候能盡量避免牽掛於工作，或者接到有關我負責業務的電話。

「再多拚一下吧……」

我邊嘀咕邊拿出手機，並且打開與麻美傳訊的畫面。

『抱歉，我會加班一小時左右。』

我發送訊息，立刻就出現已讀符號，收到了回訊。

『完全ＯＫ。我到車站前的家庭餐廳殺時間～』

我跟著按下有狗狗說「謝謝」的貼圖，然後關掉App。跟幾年前相比，我用傳訊App也變得熟練了。

那麼，遲到已經是在所難免，拖拖拉拉的也不好。為了趕快設法將業務告一段落，我就更加專注於工作了。

「啊，他到了他到了～」

離開公司，前往附近車站前的家庭餐廳，就看見麻美……還有坐在她對面的沙優。沙優連忙從座位起身，改坐到麻美旁邊。

「沙優也來啦？」

我盡可能保持跟往常一樣的語氣說道。

「時間配合得上，我就帶她來了。」

「抱歉，有沒有造成困擾？」

麻美一臉滿不在乎，反觀沙優則是過意不去地這麼問，我便搖搖頭。

「怎麼會？或許，有妳在反而能幫到忙。」

「咦？為什麼？」

沙優微微偏頭，並且看了坐在麻美對面的我。承受其視線的我交棒似的看向麻美，她好像就懂了我的意思，因而擺出氣嘟嘟的臉。沙優依舊顯得什麼也不懂，視線在我跟麻美之間來來去去。

「跟這女生獨處的話，讀東西的期間她會在面前一直戰戰兢兢，那樣我也靜不下心啦。」

「有什麼辦法！我也很緊張啊！」

沙優聽了我跟麻美的對話，便出聲表示：「這樣啊！」接著，她嘻嘻笑了笑。

「原來是這麼回事。那……在吉田先生閱讀的期間，我們先聊天吧。」

「希望可以那樣～妳幫了大忙，真的！」

麻美刻意裝出哭臉撲向沙優。而我一邊用眼角餘光望著她們，一邊拿起菜單。輕食與冰咖啡點完以後，再轉向麻美那邊。

「那麼，讓我讀一讀吧。」

「請……請多指教……！」

麻美帶著緊張的臉色把筆記型電腦遞過來。之前麻美都是直接在筆記本寫小說……不知道是出於什麼樣的心境變化，最近她終於買下筆記型電腦，開始改用文字編輯軟體執筆了。麻美的秀氣字跡看起來也別有味道，我還挺喜歡的……不過電腦到底是工作上用慣的玩意，有它好讀的地方。

看了麻美的小說文字檔畫面，我感到驚訝。上次讓我讀的時候，還只有約四萬字的份量增加到七萬字左右了。

「……真是大作耶。」

「才、才寫到一半就是了。」

「有七萬字之多，這樣才一半啊？」

我瞪大眼睛，麻美就嘻嘻笑著點了點頭。

「書店賣的書大多有十萬字左右喔。」

「這、這樣啊……」

我完全不懂。況且，感覺連自己屬於不常讀書的類型都露餡了，有點難為情。

「這下或許得花點時間。麻煩妳們一邊慢慢聊一邊等。」

「別在意啦。畢竟希望你幫忙讀而拜託的是我。」

「能聽妳那麼說就得救了。」

對話中斷的同時，我點的東西送到了桌上……因此我一邊用單手拿餐叉吃著切成了一口大小的雞肉，一邊讀起麻美的小說。

很溫柔的故事。講述魔法師與貧窮少年相遇。說來理所當然，劇情已經比當初讓我讀的時候進展得更多了。

遭到父母遺棄的少年身世慘淡，某天闖空門偷食物就遇見了魔法師，因而逐步獲得重生的故事。少年的「惡劣素行」在每個節骨眼都會惹來麻煩而讓人捏把汗，魔法師卻一定會幫助他。絕不會讓人心情難受，自始至終都很溫柔的一篇故事。

讀著就感到內心變得溫暖，使我對編織出這種故事的麻美抱持尊敬之意。

她常常自卑說「我還是業餘的啦」……但是在我看來，光能像這樣無中生有就已經算特殊技藝了。不知道平時都要思索些什麼，才可以像這樣創造出角色與故事。

我讀得入迷，一回神就已經過了四十分鐘之久。

「……我讀完了。」

我抬起臉，先前還跟沙優開心聊天的麻美臉上就浮現緊張之色。

「……感、感覺怎麼樣？」

我坦率說道。

「這純屬故事讀到目前為止的感想……不過，我覺得相當好。」

「真的嗎！」

「是啊。少年跟魔法師之間的關係，怎麼說呢……很不錯。魔法師肯定會來幫忙，讓人有安心感，這點也很好。」

「是嗎，是嗎……」

麻美細細體會似的點了好幾次頭，並且微笑。

「謝了，我好高興！」

「謝謝妳讓我讀。」

「哪的話！謝謝你願意讀！……啊，不過。」

麻美在這時候忽然正色。

「反過來說，有沒有讀了讓人介意的部分？」

被她帶著嚴肅的表情提問，一瞬間，我產生遲疑。我讀完並不是毫無想法。只是，我不知道說出來對她還有那部作品有沒有幫助。

「有想法的話，希望你告訴我。要不要採納，由我來決定就可以了。」

麻美彷彿看穿了我的心思，進而說道。

既然她那麼說，我認為自己也該回應要求。

「這個嘛……感覺上，這是篇非常溫柔的好故事，那固然是我喜歡的部分……」

前言說完，我才告訴她：

「不過，偶爾也會出現『劇情是不是編得太稱心了點』的感覺。」

「……啊～對耶。」

對於我說的話，麻美回得輕鬆，卻帶著相對凝重的臉色點了點頭。而且，我內心對她那樣的反應吃了一驚。

原本以為她面對我點出的問題，會做出「咦，哪有？」之類的反應。之所以如此，是因為看了平時的麻美，會覺得她充滿人性光明的氣場。她骨子裡是個好人，或者說她相信人類的善性。雖然我沒辦法巧妙化成言語……但我覺得她就是有那樣的光輝。

既然她性情如此，編織出的故事自然就顯得「溫柔和善」，感覺那形成了一種魅力。可是……正因為這樣，讀到途中每每都要被「事情會這麼順利嗎？」的疑問打岔。

我絕對不是討厭令人稱心的情節發展。然而……光是浮現那些許的疑問，就會破壞閱讀的節奏也是事實。

「我是有稍微想過，大概……會被讀者提到這一點。」

麻美說完以後，便苦笑表示「果然被提到了呢」並且搔搔頭。

然後，她笑得有些落寞地望著我。

「還有……會覺得讀者有可能提到那一點～……就表示，在我心裡肯定也有一樣的感覺吧。」

話說完，麻美把玩起手邊原本用來裝吸管的紙屑。

「現實並不會這麼順利。很少有需要幫助的人，會在正好需要的時間點獲得幫助，

化危機為轉機，是已經成功的人才能說的話。」

麻美淡然說道。「化危機為轉機」，是小說裡魔法師說過的台詞。

我只能呆愣地看著麻美冷靜道來的臉。坐在她旁邊的沙優，也帶著有些訝異的表情望著麻美。

「我是知道的。知道歸知道啦。」

說到這裡，麻美把手邊把玩的吸管包裝紙揉成一團，然後隨手甩到桌上。

「總覺得那種事情，放在現實就夠了啊！你們不覺得嗎？」

「咦？」

我發出糊塗的聲音，使得麻美哈哈笑了起來。

「我是覺得，至少故事可以讓人稱心啊。從頭到尾都只有溫柔，又能夠救贖心靈的故事。或許那樣的故事會讓某個人的心獲得一點點救贖，再說……」

麻美這時候露出了格外溫柔的臉色。在她的視線前方……我想，肯定有她自己編寫而成的小說。

「在現實中肯定也一樣……只是我們不容易發現而已，『稱心』的事情，數量應該也跟『不稱心』的事情差不多吧。如果說，我都專門匯集溫柔稱心的情節來寫故事……那讀過的人，說不定也會開始注意那些散見於日常生活的稱心小事……我是這麼想……」

麻美邊說邊抬起臉，然後就愣住了。接著，她連忙瞄了瞄我跟沙優的臉。

「咦……我講了什麼奇怪的話嗎！」

「不是啊，妳並沒有講出奇怪的話吧。」

「那你們為什麼都那副表情！」

麻美迅速揮起右手，還指向我跟沙優的臉。

「呃……不知道該怎麼說比較好。」

「對嘛……？」

我跟沙優看過彼此的臉，然後笑了笑。

「我是覺得……妳的觀念好豁達。」

我這麼表示意見，沙優也點頭稱是。

「會、會嗎……？」

麻美像是不知道如何反應才好地搔起鼻尖。

我一邊聽麻美說，一邊體認到自己的思慮有多麼淺薄。在我心裡似乎有某個部分，將麻美的人格特質與她產出的故事視為一體了。劇情屢屢讓我疑惑：「會不會太稱心？」而我又認為麻美寫出這樣的故事實屬合理……這對她是多麼失禮。

她早就完全理解我想的這些，進而仍「選擇」要寫這樣的故事。而且……還設想了自己要獻出故事的對象。

「抱歉，我覺得自己講了多餘的話。」

我低頭賠罪，麻美就急忙揮了揮雙手。

「不會不會不會！沒有那種事！本來就是我要徵求意見的，你願意明確說出來，我很高興。」

話說完，這次換麻美對我低頭賠罪。

「真的～謝謝你！聽到預期中的感想，也相當值得做為參考！」

「……這話怎麼說？」

「哎呀，果然被點出來了～！要說的話就是這樣。畢竟我自己也有隱約察覺到。」

「不過這表示，妳覺得被那樣想也無所謂吧？」

「嗯～……唉……總覺得這很難表達耶。」

麻美把話斷在這裡，然後思索了一陣。接著，她像是想出了詞彙而開口。

「希望情節溫柔稱心，故事又寫得精彩！要說的話……這是我自己的事情。」

麻美一邊這麼說，一邊把右手握成拳頭擱到了桌上。

「不過，讀了以後會覺得『太稱心如意了吧？』而感到有芥蒂，那就是讀者坦率的感想。」

麻美將左手也握成拳頭擺到桌上。

「重視其中一邊的要求，然後忽略掉另一邊！我想這當然也是一種做法……不過，只要多多努力……要寫出自己想寫的東西，又不至於讓讀者強烈地覺得：『太稱心如意了吧？』我認為是可以做到的耶。」

麻美將握拳的雙手碰在一起，然後十指交纏。

「那麼一來，讀者讀完以後就會覺得：『咦？仔細想想，這篇故事編得超稱心如意的不是嗎？』」

話說到這裡，麻美咧嘴一笑。

「我是以那樣的故事為目標啦，既然目前吉田先生有這種感想，表示我努力還不夠啊？所以嘍，這真的對我有了參考作用！謝謝！」

「呃，該怎麼說呢～……我才要謝謝妳。」

「謝什麼？」

我脫口提出感謝的想法，麻美就完全陷入迷惑了。

……我覺得，從麻美身上又看到了新的一面。而且，我比以往更加強烈地認為，她

大概適合走作家這一行。

『在現實中，肯定也一樣……只是我們不容易發現而已，「稱心」的事情，數量應該也跟「不稱心」的事情差不多吧。』

麻美剛才所說的從心頭浮現。

或許道理正是如此。人生中，常常都有還算開心的事情，理應也發生了許多讓自己覺得「稱心」的事……然而事情一過，會記得的好像盡是難受的事。回想以往的戀愛，比起回顧開心的往事，最先想起的都是失戀時的情形。

說不定，人難免就是會光記那些難受的事。明明開心的事情也一樣發生過不少。

沙優也加入以後，我們三個對麻美的小說互相討論了一陣子，途中麻美卻變得不太安分，隨即刻意表示「啊！爸媽要找我！我先回去了喔！」就倉促回去了……我覺得她只有在做這種事的時候，才格外有年輕氣息。

被留下的沙優感覺也有些扭扭捏捏。也許她們原本就講好這一套了，我有些冷靜地這麼思索。

「今天，你好像加班了……最近工作很忙嗎？」

沙優靜不住地帶著閃爍的目光問道。

「嗯～……雖然也不算特別忙。我希望趕週末前設法將工作結束在一個段落，今天算稍微加班。抱歉讓妳們久等。」

我的回答讓沙優急忙搖了頭。

「不會！畢竟我只是擅自跟來！」

「妳跟麻美碰巧遇見的嗎？」

「嗯？啊，是、是的。差不多。」

照這樣判斷，是麻美找沙優來的吧。我在內心苦笑。看她依舊不擅長隱瞞事情，我感到有些懷念。

「跟後藤小姐處得怎樣樣？進展順利嗎？」

被沙優問到，我回答：「唉，還算順利。」然後歇口氣。

「不過……後藤小姐突然調職，目前人在仙台。所以我們不像之前那樣隨時能見面了。」

「咦！」

沙優由衷訝異似的，用了較大的音量做出反應。照這樣看，她似乎沒有從後藤小姐那裡得知消息。

「這、這樣不要緊嗎……？」

「妳問的要不要緊，是指什麼？」

「呃，就是……」

沙優慎選詞彙似的游移著視線。

「畢竟……會變成遠距離戀愛啊？」

「我跟她又還沒有交往。何況這是想見面就可以過去相聚的距離。」

「是喔。說得也對……」

沙優曖昧地點頭，然後沉默下來。然而她的視線卻頻頻在桌面上徘徊……

「……妳是不是有話想對我說？」

雖然當麻美不在時，我就已經察覺了……終究還是這麼問了出口。

沙優的目光大為閃爍。

她深深吸氣以後，才對我說道：

「……我在機場講的話……你記得嗎？」

話題的起頭比想像中還要深入，我不禁倒抽一口氣。然而，總不能虛應了事。

「記得啊，當然。」

「是嗎…………你願意記得，我好高興，」

「不可能忘的吧。」

沙優臉紅地微微點了點頭。

接著，她抬眼望向我這邊。

「那時候……你說的是『我對小鬼頭沒有興趣』……不過，我覺得自己有稍微成熟點了。」

「是啊，沒有錯。」

我坦率地點頭。如沙優所說，她顯得比以前成熟多了。無論是穿著打扮、化妝……還有身上散發的氣質。我認為沙優本來就是給人印象遠比實際年齡穩重的少女，但是與以前相較……從正面意義來說，她似乎變得「與年齡相符」了。立身方式與給人的印象毫無乖離之處，展現出踏實的魅力。

「所以……吉田先生……既然你還沒有跟後藤小姐交往……」

沙優把話斷在這裡，然後用殷切的表情凝望我。

「請問，能不能再考慮一次我這個人呢？」

聽她直接了當地這麼表達……我一度閉上眼睛，然後緩緩地，深深吐了口氣。

這時候，要是回答「明白了，我會考慮」，究竟算不算正確的應對？當前，我對後藤小姐的情意何止沒有變淡，反而還覺得因為距離拉遠而加深了。即使對後藤小姐調職的事實感到習慣，她不在身邊的這種情況卻讓我加深了希望相聚的想法。在這種情況下，叫我以持平心態考慮跟沙優之間的事，感覺終究行不通。就算我受了後藤小姐之託……在我對後藤小姐懷有情意時，根本就沒辦法冷靜地拿她與沙優做比較。

就算這樣，從一開始便嚴詞拒絕「我沒辦法考慮」……肯定也是錯的。

「有意嘗試」與「實際能不能辦到」……應該要分開考量。我只能全力以赴，並且找出答案。

既然如此……

面對誠摯的言語，同樣要誠摯回應。除此之外我想自己做不了什麼。

「……坦白講，我現在還是喜歡後藤小姐。」

我一說，沙優就面色不改地點了點頭。

「我曉得。」

「不過有別於此……看妳又來到東京，展現了長大的模樣……我比自己想像得還要開心。」

這句話，讓沙優訝異地睜圓了眼睛。接著，她的臉頰泛上些許紅暈。

「目前，我認為那是與戀愛截然不同的內心感受。所以說……要我給出妳想得到的答覆……可能性極低……」

沙優認真地在聽我說這些不得要領的話。

「假如妳覺得那也沒關係……請讓我跟『現在』的妳再一次用心相處……並且仔細

思量。」

結果，我不覺得自己有將全部的想法化成言語。即使如此……感覺總比完全不打算表達好得多。

沙優望著我，沉默了一陣子。從表情難以判讀她的情緒，我不由得有些緊張。

「啊哈哈。」

剛發現沙優正交互望著我的雙眼，她就忽然露出笑靨，我因而呆住。

「吉田先生……你稍微改變了呢。」

「……是嗎？」

「嗯。我還以為，從一開始就會被斷然拒絕的。說是心裡能想的只有後藤小姐～」

「啊～……」

被沙優這麼一說，我露出苦笑。正如她所言……假如她是在剛重逢的時候，就立刻提起這件事……我肯定已經那樣回應了。

「我也跟妳一樣啊。向許多人學到了許多道理。而且……沙優，讓我獲益良多的人之中，當然也包含妳。」

「咦……？」

我說的話，讓沙優訝異地瞪圓了眼睛。

「遇見妳之前，我都沒有思考過。自己心裡追求的是什麼，正朝著什麼方向前進。對於本身的感情，一點也不知道要怎麼處置。但是，跟妳住在一起，想著要幫助妳……苦惱事情難為的過程中，讓我察覺到了自己懷有連自己也不懂的情緒。」

我希望活得正當，可是，卻迷失了何謂「正當」。

希望讓沙優回歸正常人生的同時，又希望讓她逃避到心滿意足。

心裡認為是別人的家務事，卻又拋不開自己的感情。

像我這種根本沒有對自身感情深思過的人，之所以能面對那些「矛盾的情感」……肯定是拜當時在我身旁的人們所賜。而且……當時離我最近的人，無疑就是沙優。

我不認為這是戀愛。

可是……既然如此，沙優對我而言究竟是什麼？我希望知道那一點。

「所以，我也會好好面對妳……進而對自己的感情提出答案。」

我這麼說道，沙優就有些眼淚盈眶，並且點了點頭。

「嗯……我明白了。」

沙優欣慰似的嫣然一笑，然後微微偏頭。

「那、那麼……吉田先生，我可以邀你去約會嗎？」

「當然可以。」

「好耶。那……這個週末六日呢？」

「這週不行。因為我要去仙台。」

聽到我隨問隨答，沙優頓時氣餒似的屏息，卻馬上就點頭說：「這樣啊，這樣啊。」

「那麼，下週六日有沒有空？」

「可以啊。目前都沒規劃。」

「那麼……星期六……我們去約會好嗎？」

被沙優含情脈脈地凝視，還用那樣的表情邀我約會，我這邊多少也會心動。我一邊感到心跳速率快了點，一邊答應下來。

「……知道了。我會把時間空出來。」

「謝謝！……嘿嘿，好期待喔。」

看著沙優這麼說，還一副著實開心的模樣……我又陷入了怪不可思議的心境。

幾年前，我用「保護」的名義把沙優留在家裡……還跟她一起生活。所以，對於我來說，過去沙優的存在應該是「待在家裡的少女」……

那樣的她，如今與我分別住在不同的地方，還說假日要跟我去約會。

果然，一切都跟當時不同了。明明不同，沙優的笑容卻沒有改變。我是喜歡她這種笑容的。

「下週啊。肯定……轉眼間就到了。」

我一說，沙優便用力點頭。

「嗯，肯定是的！」

「在大學過得怎麼樣？」

好比我有工作，沙優也有大學的課業。

當我聽沙優談起在大學的生活……便重新感覺到她確實獨立了，那很讓我欣慰。

小聊片刻就回家吧，明明我是懷著這種輕鬆的心態拋出話題，結果後來卻跟沙優在家庭餐廳長談了一小時以上。

感覺上，我終於拋開諸多煩惱，並且靜下心來跟沙優相處了。

第10話 仙台

上次獨自搭新幹線，不知道究竟隔了幾年？我心想。

我一邊側眼看著景色從背後飛快流過，一邊拉起了罐裝無酒精的拉環。搭新幹線就難免想來個車站便當＋啤酒的組合，不過今天接下來要見心儀的女性，因此我希望保持神智清醒……說是這麼說，想喝啤酒的欲求還是忍不住，因此就買了無酒精啤酒當折衷方案。

我一邊品嘗用料豐富的煲飯，一邊略嫌不過癮地喝啤酒……眼睛則茫然地望著車窗外。

這幾年，我覺得自己搭乘平時沒在利用的交通工具的機會變多了。

跟後藤小姐搭了新幹線，跟沙優搭了飛機。另外，我還搭了橋本的車。開始跟他人深交以後，搭乘不熟悉的交通工具的機會隨即變多了……思考到這一點，或許交通工具也是有認識新事物的用途存在，我心想。

我別無理由地想著要活在正軌，大學畢業後便就職，就職後便關在名為「工作」的

殼內，沒有打算從裡頭出來。跟沙優認識，讓我開始把心思放在工作以外的事情上……一回神，最後我就獨自搭上新幹線了。

我喃喃自語地笑了起來。搭個新幹線有什麼好多愁善感。

「……誇張。」

然而，一個人閒著也是閒著……無論如何，思緒都會跑到平時沒空多想的細枝末節上頭。

後藤小姐常用「勢之所趨」或「自然」一類的詞。以前我每次聽見，都納悶她怎會那麼說……現在卻覺得自己好像也懂了。

跟沙優認識，讓她住進家裡，在那樣的生活中重新審視自己這個人……這一切，都不是我自己於事前決定好的。

搭飛機還有新幹線也一樣。我並不是想搭交通工具才搭的。單純是因為有了必要，我才會搭。

我會不會自以為決定了一切，其實卻只是隨波逐流地活著？

既然如此，在那樣的趨勢當中，我該選擇什麼呢？

面對「選擇」，或許我唯一能憑本身意志決定的，就只有如此。

抵達仙台，穿過新幹線車站的驗票閘……我立刻就發現後藤小姐了。

她注意到我，也碎步趕了過來。

「你真的來了。」

「幾小時前還通過聯絡，沒道理突然就不來吧。」

「玩笑話啦、玩笑。見到你好開心。」

後藤小姐嘻嘻笑了笑，然後舉止熟悉地把自己的肩膀朝我的肩膀貼過來。

「不過呢……一直到昨天，我真的都擔心你是不是真的會來。」

「會啊。為了週末假期，這週我可是非常拚命工作的……」

「呵呵，這樣啊？我好高興。」

後藤小姐一如所說地開心揚起嘴角，並且點了點頭。

我們倆一邊並肩齊步，一邊前往事先查到有賣毛豆麻糬與茶的店家。

後藤小姐來到仙台以後，似乎也忙著整頓在新居的生活與交接工作……就沒有空閒去嘗試仙台特有的美食。

「對不起喔，我也沒有把衣服全部帶來，所以沒辦法打扮得多時髦。」

後藤小姐找藉口似的這麼說。不過我側眼看了她，然後搔起鼻頭。

地方。」

「呃……我倒覺得夠時髦了耶。總覺得，風格跟平常不同，這樣也是有讓我心動的地方。」

「……是喔？你說真的？」

「我不會對這種事情說謊啦。」

後藤小姐在黑色無袖背心外面披了質地頗佳的黑白直紋襯衫，底下則穿灰色的七分緊身牛仔褲，再搭配黑色高跟涼鞋。

的確，跟以往約會所見的後藤小姐不一樣，雖然是相當休閒取向的服裝……卻非常適合她，要避免從無袖背心露出的誘人乳溝跑進視野讓我很費勁。

「反而是我在妳忙的時候跑來了吧？」

我一問，後藤小姐就大聲表示「不會！」並且搖頭。感覺我這樣問是有些狡猾……但考量到後藤小姐應該也不覺得我會對她的穿著做出負面發言，或許算彼此彼此吧。

「哎……我沒想到你會在調職後的第一週就來，所以是比較忙亂一點……」

「話是那麼說，假如我沒有立刻來的話，妳就會冒出『果然一有距離就會被忘記』之類的想法吧，後藤小姐。」

我帶著戲弄人的意思這麼說，便發現旁邊的後藤小姐毫無反應，有些心慌的我轉頭朝她看去。

後藤小姐明顯臉紅地瞪著我，卻立刻發出「哼！」的可愛聲音，然後把視線從我的面前轉開了。

「總覺得……最近我被好多人看穿心思了。」

發現似乎沒惹她發飆，我就放心了，但是後藤小姐本人卻氣呼呼的。

「我明明是想當一個具有神祕感的上司。」

「的確，我直到幾年前都是那麼認為。」

我表示認同，這使得後藤小姐鼓起了腮幫子，但她馬上就嘻嘻露出笑靨。

「……不過，跟希望保持那樣的時候相比，我覺得現在比較輕鬆，感覺還滿諷刺的呢。」

面對自嘲的那句話，我不知道該怎麼回答才好。

因為我沒有像這樣強烈意識過，要保有「理想中的自己」。以往我只會用對自己而言是否正當的二元論評斷事物。除了那種幼稚拙劣的標準之外，世上仍有許多觀點存在，如果總要介意那些，感覺應該會活得喘不過氣。然而……相較於把後藤小姐視為「具有神祕感的上司」時，我認為她現在更容易親近也是事實。

何況，她剛才露出「鼓起腮幫子」的舉動，那也跟當時的形象相差甚遠，但我現在自然而然地接受了。那碼歸那碼……雖然我並不是沒有「太會賣俏了吧」的觀感，然而

看心儀的女性做這類動作還是很難招架。

經過千思萬想，我牽起了走在我右邊的後藤小姐的左手。

「可是我也喜歡現在的妳。」

牽手以後這麼說，看得出她的耳朵變成了通紅。

「……牽個手，應該沒什麼不妥吧？」

「……可、可以啊。沒關係。倒不如說，我想牽……畢竟出來約會。」

「太好了。」

我低聲應和，後藤小姐有一陣子就低著頭走在旁邊。起初她的手還冷冷的，現在正逐漸變得溫暖。

「總覺得……你是不是變得比以前大膽了？」

「那當然了。不強硬一點的話，很容易就被敷衍過去。」

「……還變得會挖苦人。」

「畢竟氣人的事情也很多啊。」

我哼聲，後藤小姐就嘻嘻地笑了。

「我也喜歡開始展現這一面的你喔。」

「…………是喔。」

突然遭到還擊，我也害臊起來了。

宛如一對學生情侶，光是牽手就害羞的我們……朝挑好的茶屋出發了。

「……比想像中還要有『豆味』耶。」

人生中首度品嘗毛豆麻糬，我冒出這樣的感想，後藤小姐就哈哈笑了笑然後點頭。

「對啊。毛豆味很濃。」

「我還以為甜度會再強烈一點。」

「我倒是喜歡這味道。」

「我也不討厭。不過，原本想像的味道更圓潤一點，說來算嚇了一跳。」

「那我能理解。」

多麼奢侈的午後，我心想。所幸天氣宜人，不會太冷也不至於太熱，如沐春意般的好日子。在樹蔭底下用高尚的——雖然味道比想像中強烈——和菓子配茶。很是優雅。

「總算有種來到仙台的真實感。」

後藤小姐感概地這麼說。

「辛苦妳了。」

「謝謝。你們那邊怎樣？運作得來嗎？」

「起初感覺亂糟糟的，現在倒順暢無阻。不過後藤小姐，看到好幾個幹部東奔西跑要填上妳的空缺……就覺得妳果然很優秀。」

「別這麼說啦，我只是在做自己擅長的事。」

「厲害的就是妳有好幾項特長啊……」

不知道為什麼，後藤小姐如此地缺乏身為高規格人才的自覺。

後藤小姐托著腮，若有深意地朝苦笑的我望過來。她穿無袖背心擺那種姿勢，我的視線無論如何都會往胸口飄去，因而捏了把冷汗。

「怎、怎麼了嗎……？」

「工作外的狀況怎麼樣？」

那樣的質問，讓我倏地冷靜下來。我立刻就聽懂她在問什麼了。

「我接到了約會的邀請。」

「哎呀，真是積極。」

「下週，我會去赴約喔。」

「……這樣啊！」

主動問起這些的後藤小姐目瞪口呆地看著我。

「妳在訝異什麼？」

「呃………我是在想，你沒有拒絕呢。」

「不不不。」

我自己看不到自己的臉，感覺卻還是可以曉得臉上閃過了許多表情。

於是在各種字句閃過腦海以後，最淺顯易懂的話就衝口而出了。

「後藤小姐，是妳要求我這麼做的吧？」

「啊，對不起。當然了，我希望你那麼做，倒也不是在責怪你。」

後藤小姐把話斷在這裡，然後斟酌著字句似的往斜上方看。接著，她在停頓過後說道：

「吉田，即使我那樣拜託過你……還是覺得你大概會推辭『約會』一類的活動。」

「………這樣啊。」

我微微吐氣，並且點頭。說穿了，應該跟沙優之前的意思相同。

在喜歡後藤小姐的狀態，跟其他女生約會……認識我的人會對這種行為感到意外，就這個意思。哎，對於那一點……我大致可以同意。

「沙優也被我嚇到了。」

「應該的。」

後藤小姐嘻嘻笑了笑。

「結果在我心裡，沙優的存在……她對我來說是什麼，至今我還是不明白啊。」

「……嗯。」

「然後，在那種狀態下，面臨認真於人生重新振作還來見我的沙優，要表達出我的想法……我總覺得，自己並沒有確實面對她。」

我這麼說，使得後藤小姐柔柔一笑，並且深深地點了點頭。

「……吉田，你變得願意這樣思考，我很高興。」

「咦？」

「你喜歡我，這我是了解的。而且，我拜託了那種事情，讓你心裡既著急又難熬，這我也懂。不過……我還是不希望你馬虎地對待沙優。」

「……即使自己的戀情會因而結束也一樣？」

我態度鄭重地問，後藤小姐就平靜地微笑著點了點頭。

「……是的。即使會走到那一步也一樣。」

「……我不懂妳的感受。」

「你卻願意包容，真溫柔。」

後藤小姐這麼說著，隨即笑了，因此我不知道該怎麼回話，只能默默用手指搓起鼻尖。

包容，這樣的修辭並不正確。我是在忍。

不過我起碼還曉得，特地補充這句話就太不解風情了。

「哎……為了以自己的方式確實找出答案，我也會用心思考。」

我語帶嘆息地這麼說，讓後藤小姐欣慰似的點了點頭。

「嗯。畢竟沙優為了再一次跟你見面，回到了東京啊。」

「哎……我是覺得那算在升學之餘順便的啦。」

「咦？」

我這一句話，讓後藤小姐完全變了臉。她顯然正蹙起眉頭。

「你那麼說是認真的？」

「呃，畢竟她本人說過……是因為考上東京的大學就回來了。」

「唉唷……那應該也不是在說謊，不過她回來東京肯定有一半以上的理由是因為你啊。」

後藤小姐狀似傻眼地連連搖頭。

既然沙優已經獨立了，我倒希望她是為了自己的將來才決定要待在什麼地方……

後藤小姐看出我的臉色轉變，就「唉～」地嘆了氣。

「你怎麼在這時候變得表情黯淡嘛？」

「反正你是在想，『既然是大人了，希望她行動能以將來為第一優先』之類的吧。」

「呃……該怎麼說呢……」

「咦！」

由於太一針見血，我隨之瞠目。後藤小姐無奈地露出了苦笑。

「……吉田，所以這表示她來見你，也是把這當成『將來』的一部分在考量吧。」

「…………啊啊。」

被後藤小姐這麼說，我深深地冒出嘆息。

這樣啊。

好比跟後藤小姐戀愛對我來說是如此，對沙優來說，跟我戀愛屬於「一生一次」的事，假如能修成正果就會把結婚納入視野的意思。

……果然，或許我先前對她的感情，一直都有解讀為「可愛心意」的成分在。明明那是絕對不能輕看的，我卻有意要那麼做。

「你又臉色黯淡了。」

後藤小姐苦笑著看了我。

「反省的臉孔。」

聽後藤小姐這麼打趣，我也只能苦笑。

「……嗯。我覺得，自己之前想得太簡單了些。」

「吉田，你的優點是會反省得相當深。」

「……這是在誇獎我嗎？」

「當然。」

後藤小姐和氣地笑著點頭。

「並不是任何人都能像這樣，立刻反省自己的行動或思維。我也一樣，被人糾正後即使心裡認為『確實如此呢』，大多還是沒辦法反映到採取行動的地步。」

後藤小姐帶著苦澀的表情這麼說。著實心裡有數的表情。

原來，後藤小姐也多少會有被他人糾正的經驗嗎……對此，我感到意外。

「……你要確實地面對她喔。」

「好的。」

彷彿要帶回岔開的話題，後藤小姐平靜地說道。我也點頭回應，後來我倆有一陣子都變得默默無語。與其說是尷尬的沉默，感覺更像各有所思的一段時間。

「……總覺得，很不可思議呢。」

後藤小姐開了口，讓我藉此想起兩個人都沉默了好些時候。

「吉田，像這樣在陌生的土地度過假日……而且，身旁還有你陪著。這一切，都是我在前些日子想像不到的。」

「對啊……確實是那樣。」

「明明發生的盡是想像不到的事，一旦發生了，自己又逐漸適應於那樣的狀況。」

後藤小姐一邊悠然說道，一邊端茶啜飲。

「我不免覺得，說不定事先思考根本就沒有任何幫助呢。」

「……也對。」

「畢竟事情就是這樣吧？吉田，你能想像自己會突然讓女高中生住進家裡嗎？」

「怎麼可能。更何況，我也想像不到自己會跟聲稱『其實我有男朋友』的人到京都旅行，還一起在仙台喝茶。」

「呵呵，說得對。」

後藤小姐被逗樂似的嘻嘻笑了。

「將來的事情什麼都不曉得。所以……你不覺得只能把握當下嗎？」

在微笑間如此斷言的後藤小姐……看起來遠比以往的她成熟，讓我感到疑惑。幾週之前的她，看起來都還有所迷惘，彷彿一直在糾結中搖擺不定。但是，現在不一樣。

如她所說，我們根本沒辦法預測，何時會發生什麼。或許在「變動的狀況」當中，人心也時時刻刻都在隨之轉變。

「沒錯。」

我也笑著附和。

無論往後要怎麼做，當前的第一要務，我認為就是享受這場約會。

「我有稍微查過，除了這裡以外好像還有很多家賣毛豆麻糬的店喔。難得有機會，要不要也到別處逛逛？」

我一說，後藤小姐就亮起眼睛。

「不錯耶。品嘗名產做比較，聽起來就很有觀光的感覺。」

「對吧？既然妳暫時還會待在仙台，找到鍾愛的店家就可以常常光顧了。」

「每週吃麻糬似乎會發胖。」

我跟後藤小姐一邊聊著無關緊要的事，一邊享受約會。

感覺好久沒有帶著安穩的心情度過假日了。

我們正慢慢地向前進。雖然不知道將來會如何……可是，現在能享受「有所前進」這一點似乎也就夠了。

走訪品嘗毛豆麻糬，還有用毛豆製作的土產點心，夜晚則來點小酒，我感覺到身體

久違地累癱了。

後藤小姐頗為輕鬆地邀我說：「留下來過夜吧？」但我本來就打算當天往返。老實說……受邀時內心相當動搖。

經過這麼愉快的約會，還喝了酒，要是在她家過夜，我不覺得這次理性把持得住。感覺會跳過許多階段將後藤小姐抱上床。

那樣的話……至今所做的約定，建立起來的關係，一切都將隨之白費。

「因為我絕對會變得想抱妳。」

老實坦承以後，後藤小姐紅著臉表示「也對」，還有些開心地點了點頭。

「謝謝。」

後藤小姐道謝的用意，我也明白了。

明明互相喜歡，卻不能接吻，也不能更進一步。除了活受罪之外沒別的形容，以前我也會對這樣的關係感到焦躁不耐……然而，現在卻希望予以珍惜。

至少，要珍惜到我對一切都做出結論為止。

我依依不捨地搭上回程的新幹線，回到東京。

來是一瞬間的事，回去也是一瞬間的事。

我實際體認到，東京與仙台的距離真的沒有原本想的那麼遠。

『見到妳好開心。我一定還會再去。』

在新幹線裡，我發了訊息給後藤小姐，之後就一直望著車窗外消磨。

在昏暗的景色中，有好多光源。源自人們營生，溫暖而又帶著幾分寂寞色彩的光。

除了自己生活的地方以外，還有其他土地、房屋、居民。生活在那裡的每個人會去上學、工作、戀愛……一想到他們也在面對各自的人生，就有種相當不可思議的心境。

在多得數不盡的人當中，我認識了某些人，於人生有所交集。為什麼會是他們呢？有什麼樣的理由，才讓我認識他們的？

這段時間裡，我一邊讓絕對找不出答案的問題在內心打轉，一邊望著車窗外。

回神過來以後，我已經返回東京，從離家最近的車站如往常般踏上歸途，並且抵達家裡。

等我沖完澡，喝了罐啤酒，刷過牙，躺到床鋪上的時候，感覺已經完全回到平時的日常生活了。

「……像在做夢的一天。」

這麼嘀咕的我，就此入眠。

過完如夢境般的一天，從明天起，又是「一如往常」的日子。

然而……到時會有什麼事發生，目前的我卻一無所知。

第11話　準備

驀然回首，會發現日期與時間一下子就過去了，平日尤其如此。

結束與後藤小姐的約會，週日幾乎都在睡，再迎來新一週的開始……埋首於工作，轉眼間就到了週末。

我準時下班，搭上跟平時方向相反的電車。

麻美據說已經到了，因此急也不是辦法，心裡卻難免有幾分焦躁。

搭電車搖晃幾十分鐘後，便抵達位於都會區的目的地車站。

到麻美指定的碰面地點也費了一點工夫，但她似乎習慣約在這種人多的車站碰面，於是指定了相當好分辨的地點。

麻美站在位於車站地下通路的大型廣告招牌前。

「哦，到了到了。辛苦啦～」

「抱歉，讓妳久等。」

「沒關係沒關係～好在都市裡有很多地方可以殺時間。」

麻美純真無邪地這麼說，還用右手對我比出V字。

「那我們走吧。」

麻美領路似的匆匆走在我前面。我真的對都會區不熟，因此幫了大忙。

「今天謝謝妳了，分出時間陪我。」

我一說，麻美就咧嘴露出牙齒笑了。

「不會呀～我想都沒有想過會被吉田先生拜託這種事，還覺得滿開心的。」

如字面所述，麻美顯得心情絕佳。她帶著奔放的節奏走在我前面。

今天是來買跟沙優約會的衣服，然而我一個人什麼都不懂，就向麻美徵求協助了。傳訊詢問「如果方便的話……」，她便相當積極地爽快答應了。

「預算大概多少？」

「呃……沒有特別決定，但是太貴的就……」

「不要緊不要緊。總不會突然就叫你買高檔名牌！只要沒有便宜解決的想法，選擇空間也會比較廣。」

麻美這麼說完，就一邊嘀咕：「那大概要去那一帶嘍～」一邊靈活地走在有如迷宮的地下街。

明明自己不會穿，她卻連賣男裝的店都能掌握，令人訝異……或許對時尚有興趣的人，本來就會注意街上哪裡有什麼樣的服飾店。

麻美帶我到了從車站地下直通——話雖如此我們也在地下走了滿久——的服飾店，然後她東挑西挑地拿起衣服咕噥。

「像這件你覺得怎樣？」

麻美遞來的，是一件料子格外光滑好摸的黑白七分袖T恤。白色占了料子的七成，不過底下有黑色斜線花紋。該怎麼說呢……

「這……感覺上，我穿起來會不會嫌『年輕』？」

我實在不好意思地這麼說，麻美就「咦～！」地大聲回話。

「年齡沒有關係啦！」

「欸，有關係吧。」

「沒有沒有！再說要跟沙優妹仔約會，你穿得年輕一點不是比較好嗎？」

「要說的話……或許是那樣沒錯。」

「那就拿去！總之先試穿！穿過再考慮就好啦。」

被她拿著衣服使勁往胸口塞，我便不情願地收下了。

當我在店裡面東張西望地找店員時，隨即有個從頭到腳都打扮得極富時尚感的男店員注意到我。不知道為什麼，來這種店總會對店員心生恐懼。

「我、我想試衣服……」

「明白了！這邊請～！」

被對方用音量足以迴盪於店裡的大嗓門回話，更讓我感到退縮。

走進試衣間，先將領帶解開。下班後我就直接穿西裝來了，因此換衣服有些費力。這樣試完以後，又得脫下來把襯衫扣回去才行耶，一想到這裡就覺得相當麻煩。

話雖如此……既然是明天約會，要買就只能趁今天。

我並不是有好幾套衣服能穿去約會的那一型。基本上，我也不是放假會積極出門的類型，所以外出用的便服偏少。

而且，少數「可以穿去約會的衣服」，都在跟後藤小姐約會時招式出盡了……要我將那些沿用於跟沙優的約會，我也覺得莫名過意不去。

原來世上注重打扮的男性，都會頻繁從事挑衣服這種累人的行為嗎？一想到這裡，我就覺得實在效法不來。

只換了上衣的我站到試衣鏡前端詳。

果然有「會不會太年輕？」的印象……哎，倒也沒有不合適的感覺。我平時不會穿這類型的衣服，因此異樣感抹拭不去，卻沒來由地覺得自己好像變時髦了。憑本身觀感真的做不出判斷。

拉開試衣間的布簾，就發現麻美站得比想像中還近，嚇了我一跳。麻美「哦～」地出聲感嘆，並且拍了手給我掌聲。

「很好很好，這種顏色果然適合你。」

「有適合我嗎……？」

「有有有！我覺得不錯！」

「是喔……那就選這件吧。」

「隨挑隨買，快到笑。哎，既然吉田先生自己不排斥，穿了又合適，買下去好像也沒問題啦。」

「我連中意或排斥都分不出來。」

「真的對打扮沒興趣耶。超逗的。」

麻美哈哈大笑，並且叫住了在附近徘徊的店員。

「這件適合他吧？」

「相當合適喔。顏色與輪廓都滿基本款的，因此我認為下半身穿什麼都能搭。」

「下半身有沒有什麼推薦的款式？」

「請稍候。我拿幾件過來。」

爽快點頭的店員快步走向褲裝賣場。目送其背影以後，我把視線轉向麻美。

「感覺……妳好熟練。」

「咦，有嗎？」

「我光是講話就會緊張。」

「跟店員？為什麼？」

被麻美純粹地問到「為什麼」，讓我有些受傷。我還以為這算是跟誰都能產生共鳴的感覺……

店員快步回來，他的手臂上掛著兩條長褲。

「這屬於經典款的牛仔褲。質料相當扎實，因此很耐穿。然後，這件屬於貼身款的奇諾褲，但是料子有伸展性，因此穿起來會比外觀更寬鬆，就算體型或多或少有改變也穿得下。」

店員笑容可掬地一邊說，一邊將兩件褲子遞過來。「合意的話，請務必試穿看看。」折服於對方的招呼詞，我便點著頭將那些收下，然後又躲進試衣間。

當我戰戰兢兢地試穿時，外頭傳來店員低聲詢問「那位是男朋友嗎？」的說話聲，跟著就聽見了麻美用誇張音量否認「咦！才不是啦！」的聲音。跟大叔被當成情侶的話，當然會覺得排斥吧，不過否定成那樣難免讓我受傷。

……跟我這樣的大叔走在一起，沙優不會排斥嗎？大概就是不排斥，才會像那樣對

我展開追求吧……感覺上，實在無法想像她的心境。

我先試穿了對方說明過是經典款的那件。拉開試衣間布簾，麻美又拍手說著：「合適合適。」

接著換穿貼身款。如店員所說，穿起來服貼合身，壓迫感卻不會過頭，相當舒適。然而，對著穿衣鏡一照，下半身曲線比想像中更加明顯，總覺得不自在。在人生中好像從來沒穿過這種線條的褲子。

我怯生生地拉開布簾，麻美與店員就齊聲表示：「哦！」

「相當不錯耶！」

「這位客人，您有一副漂亮的身材曲線，因此穿上去輪廓相當帥氣！」

「有、有嗎……？」

他們倆明顯比剛才那件長褲有興趣，我難免有些害臊。

「就挑那件吧！」

我本身會因為這屬於平時沒穿過的長褲款式而覺得不自在……理應熟悉時尚的兩人卻給出這麼熱烈的反應，一般來想就是「稱頭」的吧。

我一邊感到內心有種難以言喻的飄飄然情緒，一邊點頭說：「那就挑這件。」

買完兩件衣服，從店裡離去。

「哎呀～能夠挑到合適的衣服，太好了太好了。」

「謝啦。換成我一個人就拿不定主意了。」

「畢竟你光是跟店員講話就會緊張啊？」

「對啦……別太苛責我。」

我縮頭縮腦地回應，麻美就哈哈大笑。

笑了片刻以後，麻美忽然擺出遙望般的眼神。

「唉……不過吉田先生，為了迎接跟沙優妹仔的約會，你會覺得自己該買新衣服才可以……有這樣的想法，讓人滿高興的耶。」

後藤小姐也說過類似的話呢，如此心想的我露出苦笑。

「我可沒有那麼多套能穿去約會的衣服。」

「說是那麼說，即使重複穿也不會露餡嘛？」

「心情上的問題吧。」

「對，就是那個！心情上的問題！」

麻美在拍手以後指了我。

「我高興的就是你肯注意那些部分！」

「別講得像自己的事一樣啦……」

「沙優妹仔的事，就跟我自己的事差不多啊！」

麻美激動得挺身說道。

「因為她對我來說是最親的朋友。我也會希望她的戀愛修成正果。」

話說完，麻美側眼望向我。

我緩緩地搖頭。

「那有困難。」

「嗯，我曉得。不過你都那麼認為還肯買衣服，我是很高興的。」

「有這種道理啊？」

「有！假如你隨便穿一套衣服就去約會，我會揍人。」

「別揍人啦……」

在我苦笑的同時，麻美也嘻嘻笑了起來。

我側眼看著那樣的她，並且感慨地說出心裡的想法。

「麻美，妳總是站在沙優那邊耶。」

我所說的話，讓麻美聽得眨了眨眼睛，從而用力點頭。

「那是當然的吧。」

麻美說得一副理所當然，還柔柔地微笑。

「畢竟我只能當她的同伴……當然就會永遠站在她那邊啦。」

聽到那樣的回答，我重新玩味了麻美的溫柔。感覺就是因為她有這麼溫柔的胸襟，才能溶化沙優原本孤獨的心吧。

「我說，吉田先生。」

麻美嘀咕了一句。

「你跟只能和沙優妹仔當『朋友』的我不一樣。即使不執著於當她的保護者也可以喔。跟沙優妹仔要怎麼相處，你是可以自己決定的。」

麻美用蘊藏著某種強烈意志的語氣繼續說：

「沙優妹仔變了喔。她變得比之前在這裡的時候更堅強，我想，她肯定是『決定好』承受一切才來這裡的。所以……吉田先生，你也一樣。」

「我明白。」

好似要打斷她的話，我點頭附和。

「我明白的。我會好好思考……對於那『一切』，我都會認真思考。」

我看著麻美的眼睛這麼說。而她先是有些訝異地瞪圓了眼睛，然後便開心似的點了點頭。

「……是喔。謝謝你嘍。」

「所以說，為什麼是妳在道謝啊。」

「因為這是我朋友的事啊！」

「……妳真的是個好人耶。」

「啥～哪有？」

麻美掩飾害臊似的噘起嘴唇。

「哎，總而言之。週末的約會，你要好好享受喔。」

麻美咧嘴一笑，我也跟著點頭附和。

「不用妳說我也會的。」

麻美說她來都會區還有東西順便要買，我們就在驗票閘前面分開了。

在回程電車上隨之搖晃的我，沒理由地凝視裝著所買衣服的紙袋。

……我一直，都活在自己的「尺度」當中。

我順從自己心中的「正義」，並且以社會公認的「正當」為準，始終相信只有專情的戀愛才正當……

我自認一直在做出選擇，結果卻只是撿取了掉在眼前的東西而已。那只是撿取，而非選擇，還當成寶貝一樣地珍惜。光是投注於其中就分不出心力，還只能用這種方式認識自己的價值，正因為如此，才會迷失本質。

如同以往都沒有多做嘗試的「挑衣服」比想像中困難……無論事情再怎麼困難，我差不多都該做選擇了。對於自己的人生。

即使有人會因此而受到傷害，我還是得對那樣的選擇做出覺悟。並非狀況迫在眉睫才做出選擇……我應該靠自身意志，本著堅強的決心做選擇。

那道分水嶺，想必就是明天跟沙優的約會。

我在拿著紙袋的手裡頭用力，並且重新下定了明天赴約的決心。

第12話 約會

果然，到了約會當天。

我稍微提早到碰面的地點，結果發現沙優已經等在那裡了。

目睹她的身影，我忍不住驚豔地吸了氣。

她是以黑色的針織布衫搭配長版薄針織外套，然後還穿了薄料的……那是叫及地長裙吧？下襬相當長而又輕盈飄逸的裙子。

那套裝扮的氣質，跟我以往看她穿過的衣服全然不同。

臉上的妝，也是遠遠就看得出來……跟平時偏自然的底妝不一樣。化得漂亮動人，該怎麼形容呢……無懈可擊。

沙優的臉從普世觀點來說是「端正」的，這我當然從以前就知道。不過……原來她像這樣換上成熟裝扮，再搭配完美的妝，便能營造出此等「美女」的氣場，使得我望而卻步。

我並沒有誇大，沙優釋出的存在感……甚至讓我產生了只有她身邊與其餘空間彼此

隔絕的錯覺。一想到自己接下來要站在那旁邊，不免莫名緊張。

幸好沙優沒將目光向著這邊，我做了深呼吸，有所覺悟後才朝她靠近。

「抱歉，讓妳久等了嗎？」

我出聲搭話，沙優先是肩膀一顫，然後才轉向我這邊，如花朵綻放地笑逐顏開。

「不會，我也剛到！」

沙優回話以後，隨即帶著惡作劇似的表情吐了吐舌。

「……呃，我就是想說一次這樣的台詞看看呢。」

那模樣看起來果然還是與以往不同，顯得莫名成熟而讓我心動。

「……說實話，妳什麼時候到的？」

「我真的沒有等多久喔。差不多五分鐘前到的吧。」

「那就好。」

「嗯。再說，離約好的時間還有十分鐘啊。吉田先生，你也提早到了耶。」

「我是為了避免讓妳等，才自認提前赴約的……」

「所以嘍，單純是我來得太早嘛！」

沙優笑得格外開心，因此我也跟著笑了起來。

明明像這樣笑得純真無邪的臉，感覺就與之前無異，不知道為什麼，我卻還是難免感受到當中掩飾不盡的成熟色彩。

「今天……妳想要怎麼過？我姑且也有……」

想好了約會行程才來——準備接著說下去的我被沙優打斷了。

「吉田先生，今天請交給我安排！雖然會變成讓你配合我……但我有好多想要跟你一起去的地方。」

話說完，沙優偏了頭表示：「不行嗎？」

「怎麼可能不行？要去多少地方我都奉陪。」

「真的嗎？好耶。」

沙優由衷開心地這麼說，然後在腰際微微握拳擺出了叫好的架勢。

「首先我想去博物館……不過在那之前，簡單吃個飯再出發吧。」

博物館？差點問出口的我忍了下來，並且點頭。與其在這時候插嘴，我覺得要聽從她想出的約會行程才對。

……不過，原本我還以為沙優想的行程會是吃飯或逛街之類，因此指定博物館讓我嚇了一跳。

仔細想想，沙優待在我家的時候……彼此都拚命要維持當前的生活。沙優對什麼事感興趣，我當時也稱不上多清楚。而且……沙優跟我分開已經過了約兩年的時間。如今她對什麼感興趣呢……我也相當好奇。

沙優開心地說著：「有間感覺很美味的義大利餐廳喔！」同時好像也已經把地圖記到腦裡了，在人潮裡腳步輕盈流暢。我看著她的背影……不知怎地，想起了跟沙優去夏季祭典的往事。當時沙優含蓄地跟在我後面，現在則是抬頭挺胸走在我前面。不可思議的感覺。

因為沙優奮發地替我領路，受人潮阻隔，我跟她之間的距離不時會拉開。沙優指定碰面的車站，是一處有著美術館、博物館與大自然公園，在車站前更可找到購物商圈與酒店街的大站。再加上時值週末這樣的條件，路上很是擁擠。

沙優好幾次回頭，每當看見我就有幾分安心地微笑……不過反覆幾次以後，她忽然停住了腳步，等著我隨後跟上。

「人好多耶。」

我說道，沙優便苦笑著點頭。

「對不起喔，我沒想到人會這麼多。鄉下長大的習性好像暴露出來了。」

「沒關係。即使住東京，看了這樣的人潮還是會眼花繚亂。不過，都心在假日大概都這樣吧。」

「是喔。那我也要習慣才可以。」

沙優一邊感慨地說，一邊四處張望。對啊，沙優在東京起碼要再過四年的生活。

「欸，吉田先生。」

「嗯？」

「人潮太多，感覺會走散對不對？」

聽沙優側眼望著我這麼說，我難免也理解了她的用意。「呵」地吐氣以後，我把右臂伸向沙優。於是沙優便臉色一亮，欣然笑著用左臂勾住了我的右臂。

「……好耶。你今天好體貼喔？」

「強調今天是什麼意思？」

「啊哈哈。要牽手也是可以的喔。」

「不好意思，那不行。」

「小氣。」

沙優刻意裝成鬧脾氣，不過在她那副表情底下，明顯流露著「開心」的氣息。面對她那坦率的反應，我總覺得自己也跟著開心了。

可以曉得沙優在臂膀使了勁緊挽著我。右臂感受到柔軟的觸覺，使得我怦然心動。隔著剪裁的針織布料，底下有稍硬的布料觸感，更深處還有某種柔軟觸感，一切都朝我傳達而來。

我不禁把視線轉向沙優，她看著我這邊，使壞似的偏頭表示：「嗯？」……很明顯是故意的。

被她這麼明目張膽地挑釁，感覺開口提醒「妳頂到我了」也嫌孩子氣，而且反而會讓我有點羞恥。更何況，即使說出那種話，從沙優身上也能感受到她會回答「對呀」的寬裕。

我比想像中還要失去方寸。

配合心情絕佳地貼著我的沙優走了約五分鐘後，她說「就快要到嘍」。

如沙優所說，後來不到幾分鐘，我們抵達了一間外觀呈西式風格的雅致餐廳。

走進店裡，沙優若無其事地向店員表示：「我是已經訂位的荻原。」

「原來妳連位置都訂好了？」

我訝異地問，沙優便羞赧地點了點頭。

「對不起喔，吉田先生。因為我相信你會陪我到想去的地方。」

「……感覺妳在各方面都變狡猾了耶。」

「咦～？有嗎？」

沙優又有些使壞地露出成熟的微笑偏頭。那一舉一動，好像都蘊含她讀高中時讓人感受不到的自信，看得出「對於自身魅力的理解」，果真令我小鹿亂撞。

……總覺得，她是不是變得像後藤小姐了？

冒出這種想法的我立刻微微搖頭。

此刻，我在跟沙優約會。不應該思考後藤小姐的事。

讓店員領我們到桌位以後，沙優在靠內側的椅子就座。放下原本揹在肩膀的包包，掛到椅角上，拉出椅子……然後將裙襬按在腿後，彎腰坐下。那一連串的動作不禁讓我看得入迷。那動作實在太過洗鍊，而且優美。

「嗯？怎麼了嗎？」

「啊……沒、沒什麼。」

被沙優帶著發楞的表情凝望，我才察覺自己杵在原地。急忙坐下以後，沙優便笑著說「真奇怪」。

「這裡有名的是起司義大利麵喔。」沙優如此說明，可是，其實我只聽得進一半。沙優的舉手投足都讓我心頭悸動，我掩飾不了自己的動搖。只能照推薦點了起司義大利麵。

餐點送來之前，我應該跟沙優聊了許多話才對……然而，內容卻還是記不得多少。看眼前的沙優畫了比平時更漂亮的妝，就讓我捏把汗，沒辦法跟往常一樣看著她的眼睛說話。

然而，沙優久等的義大利麵送來，張口一嘗，我發現那實在是太美味，多虧注意力轉到菜色上，才暫且靜了心。

「……欸，這的確很美味耶。」

「對吧！麵條彈牙，醬料有濃厚起司味又不至於太膩，很容易入口喔。」

我並非常常獨自外食的人，因此偶爾會吃到的義大利麵就是在家裡自炊的乾麵……美味程度當然是比不上這裡了。我想起沙優的大哥一颯也請我吃過美味的義大利麵……當時──照實講，固然是覺得好吃──說真的並不是能讓人專心品嘗餐點的狀況。

更重要的是，這種彈牙的寬麵非常合我喜好。

「呵呵。」

沙優一邊看我用餐叉捲起麵條送入口中，一邊就忽然笑了。

「……？」

我一邊咀嚼義大利麵一邊偏頭，使得沙優狀似挺開心地揚起嘴角說：

「吉田先生，總覺得……你吃東西的模樣比之前更享受了呢。」

「那是當然了，畢竟這道義大利麵好吃嘛。」

「是那樣嗎？你吃我做的飯菜也都會稱讚好吃啊，那份心意也有確實傳達給我……唔嗯～該怎麼形容好呢。」

沙優斟酌詞彙似的讓目光飄到半空。接著，她點點頭說道：

「感覺你吃東西時的表情，變得比以前柔和了。有種樂在用餐的感覺？」

「……有嗎？」

儘管沙優用的字句讓我覺得表達得很仔細……老實說我自己是不太能體會。沙優看我這樣便哈哈笑了起來。

「啊哈哈，的確，或許自己是分不出來的。不知道為什麼耶，是因為你變得會自己下廚嗎？」

「……是啊。」

被她一說，我想起自己方才思考過的事。

的確……有了比較的「基準」，或許是一大要因。

「……唉，我會一邊看妳留下來的烹飪筆記，一邊自炊……所以說，或許是比過去更懂得分辨自己做的飯菜與正式飯菜有什麼差別了。」

「幸好有派上用場。自炊也讓你感受到樂趣了嗎？」

「多少有啦。要是煮出合自己喜好的味道，就會滿開心的。」

「哦～這樣啊……吉田先生下廚的景象，好像沒辦法想像耶。」

沙優說著便嘻嘻笑了笑。要說的話確實是那樣吧，我一面心想。一面覺得自己好像受了消遣而不太好意思。

以義大利麵的美味讓注意力分散為起點，我從持續到剛才的莫名緊張感完全獲得了解脫。

「妳在老家會下廚嗎？」

想從烹飪這件事聊開的我拋出話題。沙優在老家的生活也是讓我好奇的。

沙優帶著平靜的臉色點了點頭。

「……嗯。該怎麼說呢，起初我下廚做飯，媽媽就會……一副不知道怎麼辦才好的表情。」

沙優把話截住，然後有些欣慰地將目光落在桌上。

「不過，後來她慢慢變得可以心平氣和地吃我做的飯了……」

「……這樣啊。」

「嗯。確定考上東京的大學時……她甚至還說：『吃不到妳做的飯菜，會有點寂寞呢。』」

聽見那句話，我感覺到心頭有某種熱熱的情緒湧上。

我最後一次見到沙優的母親，是在她單方面對沙優怒罵，連本身情緒都不知道怎麼控制的狀態下。沙優跟那樣的母親，重新建立了關係。那並不是簡單的事情，這點道理連我都懂。

「……太好了，真的。」

我態度鄭重地這麼細語，沙優也點滴在心頭似的附和：

「嗯……吉田先生，都是托你的福。」

「沒有，那是妳努力的結果吧。用心將關係重建的是妳。」

「或許……話是那麼說沒錯。不過吉田先生，假如沒有你幫忙製造契機，肯定不會變成這樣。」

沙優語氣和緩地這麼說，並且恭敬地向我低頭。

「我要重新致上謝意，真的非常感謝你。」

「欸，不是，妳別這樣。」

「不。我盡是在高興彼此重逢，感覺都還沒有好好向你道謝。」

「不用那樣啦。」

還來不及多做思考，直率的情緒就先脫口而出。

「……光是像這樣看到妳長大的模樣……我就覺得，心裡被填得滿滿的了。」

我所說的話，讓沙優眼裡一瞬間泛上淚光。不過，她立刻大聲地擤了擤鼻子，然後

「呼～」地吐了氣。

「不要說太令人欣慰的話嘛。」
「令人欣慰的話是妳先說的吧？」
彼此抱怨以後，我們一起忍不住笑了出來。
「從北海道逃來這裡時……我真的想像不到，會有這樣的未來。」
「我還不是一樣。無論是遇見妳，還有兩個人過了幾年後會像這樣出來約會，我都不可能想像得到。」
最近，跟他人交談到一半，或獨自思考事情的時候……我似乎在各種不同的場合，都會一再地回到這個念頭上。
不曾想像的事情出現在我的人生，猛一回神，我便身處狀況裡頭。明明是自己沒有想像過的事，我卻予以接納，還思考應該為此做些什麼。回想起來，我發現至今發生的事情都是在重複那套過程……之所以能如此，我覺得，自己簡直是活在如奇蹟般的機率當中。
跟沙優認識，然後分開，接著……又彼此重逢。
那一切，都已經成為我人生的一部份，讓我感受到喜悅。
「吉田先生，我也想聽你的事情耶。」
沙優一邊露出柔和笑容，一邊看著我的眼睛說道。

「我……就只是在工作而已啦。妳回去以後也是一樣。」

「真的嗎？」

「是啊。」

「真的嗎～？」

沙優壞心眼地偏了頭。

她應該是想追問吧，針對我剛才刻意避免言及的話題。

我嘆了氣，並且有所顧慮地對她投以視線

「……妳覺得好嗎？談這些。」

「怎麼是你在介意呢？既然是我問的，當然不要緊啊。」

沙優好似真的不以為意地苦笑著這麼回話。

「……我明白了。」

她想追問的是我的「感情事」，這我明白。

我下定決心開了口。

接著，我談起在沙優回去之後，自己跟後藤小姐之間的關係變化。跟三島的那件事則掩蓋不提。托出了跟後藤小姐的事還這樣，我固然認為這樣的區別「太過自私」……

然而，擅自告訴沙優的話，我想三島絕對會生氣吧。

跟後藤小姐之間發生過的事，我都不予隱瞞地說出來。哎，關於私密過頭的部分，當然就打了馬虎眼。

沙優比想像中開朗地一邊接話，一邊心平氣和地聽我談這些。

「……原來如此。」

當我講完自己與後藤小姐不到兩年來的——發展得實在緩慢——感情史以後，沙優便嘻嘻笑著點了點頭。

「從吉田先生的觀點，是那麼想的啊。」

沙優的發言讓我不禁一陣茫然。

「從我的觀點？」

「嗯。其實呢，我來東京以後，曾經跟後藤小姐單獨見面過一次。當時，我也聽她談了大概的情況。」

「怎……什麼時候的事啊……！」

我可沒有聽後藤小姐提過那回事耶……當我正為此慌亂的時候——

看得出沙優臉上倏地有了轉變。她的目光變得有些尖銳。

「總覺得……說來說去，你們兩個都很被動耶。」

「咦……？」

我感到心驚。包括她的表情，還有言語。感覺那些都戳中了我內心的「痛處」。

「結果，你們兩邊都把所有行動委由對方的想法來決定。所以，你們都得不到自己真正想要的東西。假裝伸了手要拿，到頭來卻只是在等待想要的東西自己落進手裡。」

逆耳。不過……我和後藤小姐都身處於糾結中。況且在那樣的糾結裡，沙優是位居核心的人物。她本人聽完這些事情，還說出那樣的話，讓我覺得有些不講理。

然而，我也無意把這當成藉口說出來。

「言詞辛辣呢……」

結果，我只能回以喪氣話。

沙優不悅地噘起嘴唇，然後看向斜下方。

「因為……聽了就覺得有點氣人嘛。」

她這麼嘀咕以後，又用雙眼盯住我。

「改變了我的人……無論經過多久，只有這一點始終沒變。」

有種空氣隨之緊繃的感覺。

吉田變了，許多人都是這麼說的。自己有所改變，我是這麼想的。可是，只有沙優說我「都沒變」。我不禁繞著那句話打轉，思索其中的含意。

經過短暫沉默，好似要改變現場的氣氛，沙優咧嘴一笑。

「才～怪！你看，聊這麼多，東西都吃完了呢。差不多可以走嘍。」

「好、好啊……說得也對。」

我一面懾於沙優突然轉變的氣質，一面也發現餐點吃完後確實經過了滿長的時間，便拿著帳單從座位起身。

然而，前往結帳的時候，沙優說的話，還有那種辛辣的調調卻在腦海裡縈繞不去。

「吉田先生！我要出一半喔。」

在櫃台前排隊，沙優就把身體挨過來這麼說。

「呃，這點錢我來付就好……」

「不要！讓我出一半。其實我是想請客的耶。」

「不不不，為什麼我要讓妳請客啊。」

「就知道你會這麼說！所以我才說出一半啊！」

被沙優堅持說要分擔一半，我勉為其難地答應。讓年幼的女性付錢，況且對方還是學生，我實在不好意思，但她本人強烈要求的話也沒理由拒絕。

沙優格外開心地從錢包掏出鈔票，跟她一起結完帳以後，我們便離開餐廳。

我側眼看著沙優再次喜孜孜地勾著我手臂走路的模樣……不過，她完全恢復平時的調調了。先前一瞬間感覺到的沉靜「怒氣」，已經銷聲匿跡。

……從這個部分來看，也會覺得她果然長大了。剛顯露情緒，下一刻就能收回去。

我完全沒看清她是怎麼將情緒收放的。

「目前呢，在博物館有『海』的展覽。」

「海？」

依然用胸脯貼著我的沙優一邊走，一邊用雀躍的語氣說道。

「沒錯，海。」

「原來妳喜歡海啊？」

「唔嗯～……簡單來講是喜歡，但好像也沒有到非常喜歡的程度。」

「……可是妳卻想去看展覽？」

我問道。而沙優害羞地點點頭。

「嗯。近期內就算沒有伴，我還是打算多逛博物館。」

「妳要多逛？為什麼。」

「……為了夢想，我覺得自己需要更豐富的知識。你想嘛，我的學歷……已經不算很光彩了。」

從沙優的口中冒出夢想、學歷這些詞，我一陣錯愕。

「妳說的夢想……意思是指職業之類的嗎？」

「……嗯。」

沙優用了帶有幾分內斂的語氣點頭回答。

「那是需要學歷的行業？」

「以一般而言……是的。」

「這樣啊……呃……」

自己可以問這些嗎？我感到遲疑。然而，好奇心卻贏了。

「妳說的行業是——」

「呵呵。」

沙優狀似害羞地笑著打斷我的話。

「對不起，這是祕密。」

「這樣啊……祕密是嗎？」

「別露出那麼落寞的臉嘛。呃……」

沙優扭扭捏捏地微微擺動身體，然後告訴我：

「……我是希望，等夢想實現以後再說。」

聽到那句話，我總覺得這滿像沙優的作風。而且，既然她希望那樣，我便一點也沒有勉強追問的意思。

「是嗎。那……我會期待妳實現夢想的。」

我這麼說道，沙優就亮著眼睛點頭說：「嗯！」

感覺上……這是在各方面都讓我心動不已的一天。

無論外表或內在，沙優變得比當初認識時更成熟的模樣讓我心動不已……能夠看她像這樣正視現實，並且為了夢想而努力，也讓我心情亢奮。

從各方面，都可以見識她的成長。假如沙優是意識到那一點，才安排了這樣的約會方案……那我覺得真的很了不起。因為我完全正中其下懷，還充分見識到了她的魅力。

抵達博物館，買完門票，我們便進場參觀特展。

那裡是一處跟外頭宛如不同世界的空間。

悠然地走在其中參觀，會發現展示物從「海」這個粗略的概念逐漸細分，帶領人們認識海本身的特性及生態系。在關於深海的展示區域，還擺了物體墜入深海之際會承受多少水壓而被壓扁的簡明比較圖，連一無所知的我也能從視覺上享受樂趣。

沙優似乎不想錯過任何一項展示物，儘管偶爾會把注意力轉過來我這邊，她仍看得入迷。除了有時候會找我搭話之外，基本上我在旁邊都是被晾著的……狀況雖是如此，我倒完全不在意。

我也從我的觀點享受著展覽……不時還側眼望向沙優，看她亮著眼睛參觀展示物。

光是這樣……就相當開心。

照剛才的說法，她是為了獲得豐富知識而來博物館進修的，聽起來似乎有這麼一回事……然而在我看來，沙優似乎積極享受著「獲取知識」的行為本身。那模樣對我來說非常耀眼。

沙優從無法如意的現實逃避再逃避，逃到最後就遇見了我。她不明白該怎麼做才能回到原本的生活，又無法容許自己活得怠惰，連待在我家的那段期間也顯得有些拚命。她似乎拚命在找自己「可以容身的地方」。

那樣的沙優……如今已經能自己決定自己的歸宿了，然後……她還一邊將心思放諸「將來要去的地方」，一邊往前進。

光是能看到她那副模樣，我就覺得內心被填得滿滿的了。

然而——

感概萬千的情緒越過高峰之後……我忽然想到……

果然……我似乎正用「大人」的觀點，在看著她的成長。

我偷看沙優凝望著展示物的臉龐。

相較於以前，感覺沙優的臉龐在全方面都變得毫無破綻了。簡直像人工物。

可是，看了那脫俗的美麗臉孔……被她那對再收斂也只能用大來形容的胸脯貼著。

我確實有心動感。感受到她「身為女性的部分」，我無疑產生了難以言喻的緊張與亢奮。然而……

即使如此，我——

跟沙優再次同居。

跟沙優接吻。

主動脫掉沙優的衣服，擁抱她的身體。

這些情境……我完全沒有想像過。

我好像理解了，就算當下跟她一起被關在密室，自己也不會湧現那種情緒。

即使我跟沙優一同度過今天……回想了沙優以前的事情，從中對變化感到喜悅……也沒有想過自己今後的生活，會有沙優「溶入」於其中。

察覺那一點時……我感到強烈心痛。

我抱著做出選擇的打算……來到了這裡。

經過充分苦思，我自認會做出與沙優之間的結論。

然而……無關於那樣的氣概與覺悟……一回神，答案已經出來了。

而且，意識到答案的瞬間，我便覺得難受。

照理說，我本來就近乎想通了。我有想像到自己會做出這樣的結論。明明如此……

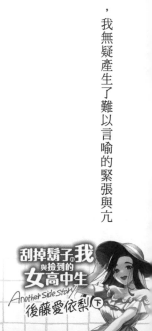

我卻深切體認到，要面對抵達結論後的事，自己的覺悟果然是完全不夠的。

沙優在其他方面都讓我有好感……唯有某一點，我非得斷然拒絕。而我一直都沒有考量過那有多殘酷就來到了這裡。

「吉田先生？」

猛一回神，沙優就在身邊。我嚇得肩膀一抖。

「你怎麼了嗎？」

「啊，沒事……沒什麼。」

「……是喔？有沒有哪裡不舒服？」

「不要緊，不要緊的。我想事情稍微出神了。」

「……這樣啊。」

沙優哼聲從鼻子呼氣，然後指了離展區已經近在眼前的出口。

「已經逛完了耶。對不起，我參觀得慢悠悠的。」

「不會不會，妳別在意。我也逛得相當開心。倒不如說，妳沒有想回去重新參觀的地方嗎？」

「不用喔，我都仔細看過了，所以沒關係。」

沙優燦然一笑，並且比我先邁步。

「太陽就快要下山了，我們該離開嘍！謝謝你陪我逛展覽。」

「好、好啊……！」

從先前的悠哉步調搖身一變，我追在快步走著的沙優後頭。

從特展離開以後，沙優伸了伸懶腰。

「逛得好開心！我變得比以前對海更有興趣，也想要讀書研究看看了！」

「這樣啊。既然對妳有意義，那太好了。」

「嗯！吉田先生，有你陪著也讓我很高興喔。」

「……能讓妳那麼想的話，我也很榮幸。」

我點頭附和，沙優就羞赧地笑了笑，並且朝博物館的出口前進。

從博物館離開後，在前往車站的途中……沙優沉默了一陣子。

而且，白天沙優走路都挽著我的手臂巴著我不放，然而離開博物館以後，她就乖乖跟我空出距離走路了。

「欸，吉田先生。」

當車站來到眼前的時候，沙優開了口。

「最後，我有個想去的地方。」

由於沙優開口，我便看向她的眼睛。無論她想去哪裡，我都打算奉陪的。

「嗯？妳想去哪裡？」

我一問，沙優就帶著平靜的表情嘀咕答話：

「我想去……吉田先生的家。」

第13話 回憶

「我、我家……？」

沙優看我明顯態度狼狽，一邊苦笑一邊點了點頭。

「嗯。希望在最後，可以沉浸於住一起時的回憶～我是這樣想啦。」

「這、這樣啊……回憶是嗎……」

我一邊捏把汗，一邊動腦思索。

之前我認為沙優想去的地方，自己都可以帶她去。現在我還是這麼想，也覺得她想到我家的話，就應該帶她去吧。但……總覺得會有許多問題……

沙優似乎看出我的思緒正不停打轉，於是嘻嘻地笑了。

「不要緊啦。我絕對不會亂來的。」

那句話，讓我一瞬間目瞪口呆。

然後，我反而冷靜下來了。

「呃……那是我要說的台詞啦……」

沙優聽我這麼說，笑出了聲音。

搭上電車，我們悠悠地聊起彼此在博物館特展中最感興趣的部分。談個幾句以後，隨即沉默下來……接著又心血來潮地談個幾句，隨即沉默。

總覺得，雙方都理解「約會要結束了」，彷彿正慢慢地朝著終點前進……如此安詳的時間。

抵達離家最近的車站，踏上對我來說可稱作「歸途」的路。

途中經過了我最初遇見沙優的電線桿。沙優瞥向我這邊，嘻嘻笑了笑。受其牽引，我也跟著笑了。很不可思議的是，即使湧上了「懷念」的情緒，也沒有變得感傷。

轉眼間抵達家裡，我轉動鑰匙，將門打開。先讓沙優進玄關，我再進去關上門。

沙優脫下鞋子，「哈～！」地呼了一大口氣。

「雖然有懷念的感覺……不知道為什麼。」

沙優望向與走廊一體的廚房，然後嘀咕：

「……果然，到了現在，會覺得是別人的家。」

「是嗎？」

我靜靜地點了點頭。

「那是……妳有所成長的證明啊。」

面對我說的話，沙優只是默默地朝我揚起嘴角。

沙優噠噠噠地輕快踏進客廳，然後開了冰箱的門。接著她看向裡頭，「哇」地發出聲音。

「真的有放食材！」

「我說過會自炊的吧。」

「你真的有做到耶。雖然我不是在懷疑，卻不太能想像。」

「哎，我想也是。」

沙優無視於哼聲的我，還依序將冷藏庫與冷凍庫打開，興致勃勃地區分內容物。

看到沙優在房間裡，我忽然想到了一點。

「啊……對了。」

我走向衣櫥，將門打開。接著，從裡面拿出了一件樸素T恤。

「來，這給妳。」

我把手裡的T恤遞向沙優，她就朝著那瞪圓了眼睛。

「……丟掉就好了嘛。」

聽她那麼說，我反射性地搖了頭。

「不可能丟的吧。」

「為什麼？」

被她當面反問，我變得語塞。

為什麼？

被這麼問，我很難用言語表達。甚至連要丟掉的想法都沒有出現過。但就算這樣，我也沒有一再拿出來回憶沙優。只是收在衣櫥裡，如此罷了。

「不知道為什麼呢……」

當沙優返回北海道時，我不認為她會再回到自己身邊。只要能回歸原本的生活，她就能開拓自己的人生吧，那樣的話，應該便沒有必要再來跟自己見面……我是認真這麼想的。

自己也不可能穿女性尺寸的T恤，的確，感覺處分掉是比較合理。

明明是那樣，假如有理由要留著的話。

「……大概是因為，這算回憶。」

我把想到的字句，直接說了出口。那句話，感覺比想像中更能具體表達自己內心的本質。

聽完我的話以後，我覺得好像聽見了沙優倒抽一口氣的聲音。接著，即使在我看來也能明白，她臉上浮現了惆悵之色。

「是喔……回憶啊。」

沙優朝我手上的T恤望了一陣子。然後，她悄悄地吸氣，並且把那拿到手裡。

「吉田先生不穿的話，那我就收下。」

「穿不下啦。尺寸又不合。」

「啊哈，也對呢。」

沙優樂得笑了笑，然後緩緩地用雙手把T恤捧到懷裡。

接著，她低聲說道：

「……我也會……把這當成回憶。」

「……咦？」

「欸，吉田先生。今天的約會很開心呢！」

沙優抬起臉，純真無邪地笑了。我也坦然地附和。

「是啊。相當開心。」

「……有讓你感到心動嗎？」

沙優露出挑戰性的微笑。

「……老實說，有。」

「畢竟我一直頂著你嘛。」

「果然是故意的嗎？」

「當然了～我可不是輕佻的女人。」

「……嗯，我曉得。」

「……既然你會心動的話……」

沙優說到這裡，含情脈脈地抬眼看了我。

那副表情十分穩重，感覺得到從成熟大人流露出的「盤算」，我又陷入了不可思議的心境。她真的變成……成熟的女性了。

我向前一步，站到沙優眼前。接著，我握住了她的雙手。沙優冷不防似的變回有些孩子氣的表情。

「這個嘛，沙優……」

要從哪裡說起呢？我如此思索，然後轉念。

應該說出一切。

「妳已經成為迷人的大人了。在我看來也很有魅力，充滿女人味，還是個美女。」

我仔仔細細地道來，使得沙優一邊臉紅，一邊慌亂。

「吉、吉田先生……？」

「跟我以前把妳當小鬼頭看待的時候，感覺截然不同。」

「是、是這樣啊……？」

沙優的視線不停地轉來轉去。完全感覺不到先前的寬裕。

「所以……我曾感到遲疑。」

我一邊這麼說出口，一邊覺得，自己的內心終於逐漸獲得了整理。原本在心中複雜交纏的千絲萬縷，化成了言語，感覺正逐一解開。

「我肯定在妳住這裡時，就已經察覺那股魅力了。不過，我藉著把妳當小鬼頭看待來逃避。因為妳尚未成年。從那種『應該保護的存在』感受到女人味，會讓自己內疚。我一直相信，不去注意那個部分就能保住自己的『神聖性』。到現在，我仍覺得那樣判斷並沒有錯。」

我並未從沙優面前別開目光，還說出了這些。凝視沙優的眼睛，會發現她看起來像在害怕，也像希望繼續聽我說下去。我想，兩種色彩確實都存在於她的眼睛裡。

「不過，正因為如此……長大的妳，像這樣出現在眼前，我混亂了。知道妳到現在仍然喜歡我，我為難了。我呢，屬於總是會喜歡上『身邊的人』那一型。回神後就發現自己喜歡對方，喜歡上對方以後，心裡就會盡想著那個人的事情。我把那樣的現象當成『戀愛』。所以……這算是第一次。對於近在身邊，而且『充滿魅力的人』，我沒有產生戀愛的感覺。」

近在身邊而又「充滿魅力的人」，那指的當然就是沙優。

同住在一起以後，我對於沙優的魅力發現得越來越多。然而，那一切都被「如此有魅力的女孩，我應該讓她回歸正常生活」這樣的大目標掩蓋了。在確認自己對她有什麼感情之前，我就先刻意蓋牌了。

還沒有確實做確認，就先掩埋掉了。我在解題前就把答案卷撕爛丟掉了。所以……即使隔了這麼久，我仍無法想出問題要怎麼解。這一切，都要怪我。

「不用當妳的保護者以後，我頓時變得不知道該怎麼跟妳相處。我被困在另一份從以前就存在的愛慕之意……還有想要呵護妳、為妳的成長慶幸、覺得妳可愛的心情間，結果，我又打算靠『愛慕之意』逃避。我選擇相信原本就有的感情，還想用這種草率的答案說服自己。」

身體裡有好幾種心。我這麼認為。

我一直都喜歡後藤小姐。我想跟她交往。明明對方也喜歡我，為什麼就不能發展成那種關係呢？我感到心急。我對好似在吊人胃口的後藤小姐感到憤怒。

然而，對於後藤小姐的說法，我在內心某處也感到信服。沙優重拾自己的人生了。她珍惜在途中發現的戀情，還憑著自己的意志，再次來跟我見面。刻薄對待她那份感情行嗎？那怎麼行。我早就明白了。但是，若要面對面迎接她那樣的心意，我會覺得自己就快要瘋了。

我喜歡後藤小姐。但是，我也重視沙優。我想愛後藤小姐。但是，我也不希望傷到沙優。

所有的「心」，都用同等的音量提出了主張，既然如此，我又該怎麼做出選擇才好？要怎麼選擇才是「正當」的呢！

「不過……」

我用發抖的聲音說道。

「是大家……把我點通的。」

不中用的男人。長到這個年紀，想決定些什麼，還是需要他人的助力，我事到如今才發現這一點。

求職過程中遇見的女性，將我領向了新的戀情。

某天突然遇見的女高中生，教了我開拓自己的人生有多難、多麼崇高。

囂張的職場晚輩，教了我誠實地活著面對自己的感覺有多重要。

重逢的高中學姊，教了我有些東西一旦失去就再也得不到手。

同居者的好友，教了我要用什麼態度面對自己的欲求。

愛開玩笑的同事，教了我不放棄真正重視的願望也是個選擇。

還有……

沙優在長大以後，再一次教了我……要怎麼面對自己重視的人。

每次受教，我會覺得自己好像豁然開朗……那些道理就七零八落地從內心散失了。化成不具任何意義，徒具形骸的句子，始終無法溶入我體內，每走一步便會點點滴滴地消逝。

不過，那當中仍有零星碎片，殘留在體內某處，我想，那些碎片花費了太過漫長的時間，總算……總算才在我心裡延續下來。

經歷許多的奇蹟，又有一路認識的人們以教誨從背後提供助力……如今，我才總算有辦法抉擇。我可以一邊承受椎心痛楚，一邊做出選擇。

「今天……有妳跟我約會。藉此……我確切地明白了。」

回神以後，我已經流下眼淚。即使視野模糊了，我仍知道眼前的沙優，正在與自己目光相接。

沙優溫柔地微笑著。

「沙優，我……我的想法是——」

「嗯。」

沙優溫柔地回握我的手。

「我希望妳……長大成人的妳……可以過得幸福……」

「……嗯。」

「但是……」

嗚咽聲冒出。

要說出那最後的一句話……讓我感到害怕。我沒有想到，要做出選擇會是這麼令人恐懼的事，甚至讓我發抖。

心頭隱隱作痛。可是，我非說才行。要不然……就無法結束。

「我……我……！」

結果，我根本不需要「正當」。

我總算發現，追求正當的心……一直都掩蓋了我真正的心思。

到最後……所有人做選擇，都是出於私心。

「長大成人的妳……」

鼻涕滴了下來。

「往後仍會逐漸變得成熟的妳……」

我一邊哭得不像樣，一邊說道。

「我並不覺得……會想親自……用自己的手…………讓妳過得幸福…………！」

扎在心頭的一根大刺，彷彿就此脫落了。

沙優用力握住了我的手。

「嗯。」

沙優盯著我的眼睛，露出了微笑。

「……我早就知道了喔。」

又來了。我在哭，沙優卻在笑。

為什麼在重要的關頭，我總是會變得軟弱，不由得就哭出來呢？儘管內心這麼想，卻停不下來。

當場跪下的我，被沙優摟住，還讓她溫柔地摸了摸頭。

「對不起……對不起，沙優……」

「不會。謝謝你……吉田先生，你是認真在為我思考呢。」

眼淚停不住。

我喜歡沙優。喜歡得無法自拔。我希望她過得幸福。希望她成為大人，變得更加有魅力，並且活得抬頭挺胸。我想看到她那副模樣。我想在離她最近的位置看著。我希望珍惜她。我希望實現她的心願。

我知道那一切的感情，都是貨真價實。

不過……我只能說，那並不是「戀愛」。

無論目睹沙優變得再怎麼成熟有魅力……在我內心的某處，還是思慕著後藤小姐。越是設法壓抑，我連在約會的途中，也會想起人在仙台的她。

所以——

我領悟到了，無論內心對沙優再怎麼憐愛……我還是沒有辦法以沙優想要的形式，「讓她獲得幸福」。

我面對自己的心，找出了答案。明明只是如此而已……卻感到煎熬、難受、心酸。

「吉田先生？」

我哭個不停。而沙優一邊摟著我的頭，一邊說道：

「戀愛……真是不容易呢。」

沙優的聲音和緩平靜，不知道為什麼，聽了她那樣的聲音，眼淚更是源源不止。

「說來奇怪，吉田先生……我喜歡你，才又回到了東京。我想再跟你見面，希望你喜歡上我，還像這樣跟你約會……不過，我同時也有這樣的想法。」

摟著我的頭的沙優放鬆了力氣。我帶著哭慘的臉孔抬起頭，並且看向沙優。

她一邊困擾似的笑著，一邊望著我。

「吉田先生，要是你喜歡上我……我總覺得……那會怪怪的。」

「……唔。」

我什麼也回答不了。沙優她……肯定早就全都明白了。

「我喜歡吉田先生，這是真實的心意。我明確曉得，這就是戀愛。希望吉田先生能喜歡上我，也是真的。不過呢……在內心的某處，我想那個部分大概是裝著被吉田先生呵護的回憶吧。而那個部分一直都在向我主張：『吉田先生應該要喜歡後藤小姐才對。』我早就知道事情會變成這樣。」

話說到這裡，沙優她……露出了憨笑。

「能演變成這樣，讓我安了心。」

「……沙優。」

「欸，吉田先生……我喜歡你喔。從一起住在這裡的時候，就一直喜歡你。」

沙優直接了當地這麼告訴我。我也跟著點頭。

「是啊……從之前就是這樣的。」

「嗯，沒錯。所以說……」

一瞬間，目光變得閃爍。

沙優望著我，緩緩地說道：

「讓我……聽你的答覆好嗎？這次，要說清楚。」

那句話的用意，我相當明白。

第一次被沙優告白的時候，我回答的是「我對小鬼頭沒有興趣」。

我並沒有說謊。然而到頭來……那並沒有面對自己的心就說出口，還是一句不誠懇而且語帶保留的答覆。只不過……當時她願意包容我，如此而已。

我粗魯地擦去眼淚，調適呼吸……並且跟沙優所做的一樣，望向她的雙眼。

深深吸氣之後，我回答：

「……我有其他喜歡的人了。所以……沒辦法回應妳的心意。」

沙優聽完我的回答，也跟著吸了一口氣。

然後，沙優又露出那種有特徵的笑容……並且點頭。

「嗯。我明白了。」

可以曉得的是，在沙優那麼說的同時……我跟她，身體都一陣無力。我們兩個一塊坐到了地板上。

經過幾秒鐘的沉默，沙優嘻嘻地笑了。

「唉～被甩掉了！」

才剛大聲這麼說完，沙優就立刻起身，當場大動作地伸起了懶腰。

「呼～……這樣一來……我才覺得自己總算可以獨立。」

「……沙優。」

「唉唷～吉田先生，你要一臉鬱悶到什麼時候！這可是托你的福耶。」

「妳還說托我的福……」

「看吉田先生哭出來，這是第二次了。而且，兩次都是為了我而哭的耶？我很高興喔，非常高興。」

沙優爽快地這麼吐露以後，朝著我伸手說：「來吧！」我一邊覺得心情怪複雜的，一邊握了沙優的手，讓她拉我起來。

我起身以後，就換成沙優仰望我了。沙優帶著有幾分挑戰味道的笑容，從底下朝我看過來。

「吉田先生。」

「……怎樣啦？」

「說起來，你的想法既沉重又傳統，而且滿悶的耶。」

「啥……！」

明顯被她講了壞話，我訝異得眼睛直打轉。原本遲遲止不住的眼淚，總也已經收斂了。

「我才沒有想過要由你來讓自己幸福喔！我只是希望在自己的幸福中，可以由你占有一部分～反過來也是一樣的。我希望在你的幸福中，可以讓我占有一部分～就這樣而已！」

沙優說著便嘻嘻地笑了。

那樣的話，妳已經實現願望了啊。我本來是想這麼說……卻作罷了。沙優已經完全明白我的心理，才這麼說的。雖然她剛才說，希望在我的幸福中占有一部分……然而，相較於我剛才想到的，她想要的會是更特別的一席之地。那種「特別」，就是我唯一無法給沙優的東西。如今我們已經互相明白了。

「雖然我之後會沮喪，不過，那沒問題的喔。」

話說完，沙優刻意咧嘴揚起了一邊嘴角。

「畢竟，我已經是大人了！」

面對那句話，我無意用打趣的態度回應。

「是啊……妳真的長大了。」

我點頭附和，沙優就噘起嘴唇說：「唉唷～」然後狀似害羞地回嘴：「你不吐槽的話，我會不好意思的嘛。」然而，這真的不是值得調侃的事。她的成熟程度，已經遠超出我所想像的了……甚至讓我覺得自己不像話。

沙優將擱在走廊的小包包揹到肩上。

「那我回家嘍。被甩了卻賴在這裡會過意不去！」

「我送妳到車站。」

「……可以嗎？」

「那還用說……啊，麻煩讓我洗把臉就好。」

「啊哈哈，當然。請慢洗。」

沙優嘻嘻笑著點了點頭。

我匆匆走到盥洗間，嘩啦嘩啦地洗了臉，然後用毛巾擦拭。

走出盥洗間以後，我朝站在玄關的沙優瞥了一眼，發現她的神色著實鎮靜，望著牆壁的方向。

或許多少是有逞強的地方……不過，她肯定早就做好覺悟了吧。說不定，從決定來東京時就準備好了。

「走吧。」

我說道。而沙優有精神地點頭回答：「嗯！」並且先一步走出了玄關。我也立刻穿上鞋子，跟著沙優到外頭。上完門鎖，我一邊提醒沙優「因為很暗要注意階梯」一邊下樓，就在離開公寓入口的時候——

忽然間，我發現幾公尺前有道人影。

認出那名人物以後，我和沙優頓時訝異地停住動作了。

目瞪口呆地望著這裡的人是……後藤小姐。

第14話 變化

結果，我沒能約定什麼時候會去東京。

我待在仙台的員工宿舍，一邊喝著罐裝威士忌蘇打，一邊茫然看著電視。音量細微無比，我只是單純望著那些影像。內容也完全沒有看進腦裡。

調職後即將經過兩週。來到第二次週末，房間裡總也整理得差不多了，感覺終於能迎來慵懶度過的假日。

吉田在我剛調職的週末就來仙台見我了。明明上週才見過面，我卻發現自己已經想跟他相見。

光是期待吉田會來見我，就不知道下次將是什麼時候。如同他為我做的，我也應該去見他才對。

然而……吉田來仙台，以及我去東京見他……感覺意義是有些不同的。

說穿了，便是沙優的存在。

沙優來到東京想實現自己的戀情，要是我在她跟吉田共度的時間出現……那不就像

在干擾她戀愛嗎?我如此心想。

我已經決定對沙優「不會有所顧慮」,也對她本人聲明過了。可是……「不會有所顧慮」跟「出手干擾」在意義上是大有不同的。我只是想讓自己的戀愛修成正果,並沒有打算干擾沙優戀愛。

我決定要兼顧這兩種想法。

更何況,沙優再次出現在吉田面前,會想待在他身邊是預料中的事,我倒覺得吉田想確切認識她在自己心裡是什麼樣的存在,那就是有必要的。

我會保留跟吉田之間的結論,理由也是出在那裡……

思考到這裡,我便無力地平躺在沙發上。我將桌面上的遙控器抓到手中,並且關掉電視。

電視的聲音一消失,感覺壁鐘秒針走動的聲響就格外大聲。

沒錯……我做了保留。

我希望他從所有可能性當中選擇自己。我是衷心地那麼想才「保留」了決斷。

然而……在那套邏輯裡,決定性地欠缺了「自己沒被選上的可能性」。

假如沙優溶入生活,吉田選擇她的話,我會認為「命運就是如此」而予以接納……

沒錯,我理應是這麼想的。

像這樣有了距離，如今連遠遠看著吉田的模樣都辦不到，在我心裡時時都有不安的情緒在打轉。

……他們倆，不知道現在過得怎麼樣了？

當我想著這些，就連假期都完全沒辦法享受。

明明放假獨自喝罐裝酒，應該是一如往常的事才對……如今，威士忌蘇打的滋味，還有酒精於身體循環的感覺，都無法像平時一樣當成快感處理了。

……自己會不會又錯了呢？

當這句疑問浮現於心頭，我頓時全身冒出雞皮疙瘩，並且從沙發爬起。

看向時鐘，時間是下午四點。趁現在趕搭新幹線，不就能在完全入夜前抵達東京？

產生這樣的念頭以後，沒多久我就開始整裝做準備了。

我想跟吉田見面。可是……卻沒有聯絡的勇氣。

只要能到他家，彼此說些話就夠了。假如他不在家，表示肯定還在跟沙優相聚……那樣的話，也還是無所謂。

總之……不管怎樣，我都想知道他現在是怎麼過的。

我用了自己也難以置信的速度換完衣服，化好妝，然後衝出家門。走路途中，我用手機買好新幹線車票，然後搭上新幹線。明明平日放假都過得懶懶散散，原來一旦起意就會行動得這麼迅速嗎？令人驚訝。

『不過呢，妳是不是該認真思量，自己要以哪種心思為重比較好？』

我一邊任由新幹線搖晃，一邊想起神田說的話。

在我胸口，有許多的心思。至今以來……我都刻意壓抑自己的想法，活到了現在。把他人眼中的自己當成偶像，完美地加以武裝，藉此靈活地遊走於社會……光是這樣，我就滿足了。

所以，我既不會衡量自己的心思有多重，更沒有想過眾多的感情要以何者為優先。我連那樣的工程會伴隨多少痛苦都不懂。

衝出家門的時候，結論就已經出來了。所以說，結果我是在身體擅自行動的階段，才明白自己的心意。

而且……果然，我總是遲了一步。

早知道就不來了，我心想。

因為我想都沒想過，好巧不巧，竟會目睹吉田與沙優兩個人從家裡出來的場面。

沙優精心做了打扮，穿得很可愛。她已經懂得自己挑適合自己的衣服，再配合臉孔化粧。在我不知道的時候，她早就是成熟的女性了。

而且……讓我感到受傷的，是跟吉田對上目光的時候。

吉田先是感到吃驚……然後露出了心想「不妙」的臉色。即使遠遠看去，我也能分辨出來。

「後藤小姐……？」

在吉田開口的瞬間，我同時有了身體發冷，以及黏汗直流的感覺。

「原、原來你們兩個在一塊啊。對不起，如果吉田一個人的話，我本來是打算邀他吃個飯。早知道就先聯絡了。我今天先回去嘍。」

而且，說出口的這些話流暢得令我訝異。不等對方回話，我便旋踵轉身，快步走了起來。我想趕快從他們面前消失蹤影。

我目睹了他們倆走出家門，彼此還笑得溫和平靜的模樣。

照吉田的性格……可以曉得，他們肯定沒有跨過那一條線。

但是……我覺得自己似乎跟早有理解的某件事，不預期地對了答案。

他的家……是屬於「兩個人的家」。在我無從介入的時間點，那個地方就「已經變成那樣」了。

我沒有勝算。果然，命中註定是要變成這樣的。

明明我自以為有所覺悟，像這樣目睹結果，眼淚就流出來了。視野變得模糊，我拿手帕擦掉眼淚……連我都覺得自己沒出息。

但是，我也沒辦法對自己灌輸「這並不難受」的念頭。

那非常、非常難受。

可以痛切地體認到自己果然是戀愛了，

聲稱失去也無所謂，根本是在逞強。多希望他做出抉擇。自己應該一心只顧著進取才對的。不用考量情況，也不擺大人的風範為沙優著想，直接就把他納入手裡才對。

思考到這裡，我又對自己產生厭惡。事到如今，我有權那麼想嗎？

結果我「做不出抉擇」。喜歡吉田的心意，想從他那裡獲得獨一無二的愛的欲求，還有想愛護沙優的心意。

我沒辦法主動抉擇要以何者為重。然後，等我總算抉擇的時候……已經太晚了。

保留，而後失去，果然這就是我。

我一邊悽慘地拭淚，一邊快步走向車站。

我知道，他是不會追來的。

「後藤小姐……！」

後藤小姐快步離去，想追上去的我向前踏出一步。

然而……我咬緊牙關，當場停了下來。

「…………」

現在趕去後藤小姐身邊的話，又會傷害到沙優。

況且，我說好要送她到車站的。

「……我們走吧。」

我回頭朝沙優說道，沙優就僵住了身體，並且凝視我。接著，她的目光困惑似的閃爍。

「……走去哪裡？」

沙優問。

「呃，我說過……要送妳到車站的……吧……」

說話的我在途中失去了動力。

因為我看出沙優明顯正散發怒氣。她瞪著我。

「你在說什麼？」

我懾於她的氣勢，不過跟著就深深吸了氣，想設法提振自己。

「我說要送妳到車站。畢竟剛才講好了。」

「在這種狀況？到車站我一個人就可以了啦！」

沙優吼道。我的身體反射性地變得緊繃。

她橫眉豎目地朝我怒罵：

「為什麼不追上去？跟我這種無關緊要的約定會比後藤小姐重要嗎？你不是喜歡她嗎！」

「沙優，妳在氣什麼……」

「你不懂嗎？都到這種時候了，你還只顧著『保持良好大人的風範』是很氣人的！你喜歡後藤小姐吧？我根本並不重要啊。約會已經結束，我的戀愛，也已經就此結束！不過吉田先生，你的戀愛沒有結束吧！」

「但是，讓妳一個人回去的話——」

「別拿我當藉口啦！」

沙優的吶喊讓我倒抽了一口氣。心境好比心臟被人徒手掐住。

「吉田先生，結果你也只是在害怕而已嘛。跟我的關係好不容易做出了斷，現在卻發生這種狀況，你不確定說明以後能不能讓後藤小姐理解，也不知道直接追上去該怎麼跟她搭話，所以又想先做保留。好矬喔……你這樣好矬喔！」

沙優憤而蹙起眉頭，一面露出泫然欲泣的臉，一面仍朝我發洩情緒。連我也知道，她是真的在生氣。

「我說吉田先生，你不是救了我嗎？別人不肯做的事，你不是為我做了嗎！」

沙優的殷切言語，感覺好像直接打動了我的心。

「你不是改變了我嗎！可是……為什麼，你自己卻不肯改變呢？」

沙優走到我的眼前。

接著，她出拳「砰！」地搗向我的胸膛。那捶在我的胸口，一次又一次。

然後……沙優抬起臉孔，吼了出來。

「吉田先生……你也要改變啊！」

一時間，我說不出話。可是，明確感覺到的，就只有原本腦子裡蒙上的迷霧，似乎正逐漸散去。

我深深地吸氣。

沙優又一次伸手，這次她張開手掌，推了我的胸膛。

「趕快去。」

我打算說些什麼而張口。然而，沙優又用厲鬼般的臉色一邊瞪來，一邊用雙手強行將我的身體轉了方向。

「反正你跑就對了！」

背後讓沙優使勁猛推……我才總算點了點頭。

「沙優，謝謝妳……抱歉。」

我如此說完以後，拔腿就跑。

「……這種時候道歉，是你讓我討厭的地方。」

我聽見沙優在背後嘀咕。

然而，我沒有回頭。萬一那麼做，沙優肯定又會大發雷霆吧。

第15話　情念

睽違的跑步讓我呼吸急促。

從後藤小姐離開理應沒經過多少時間。既然她朝車站走去，我以為很快就可以找到人……然而與焦急的心情相反，我找不到她的背影。

沙優說得對。

我自以為逐漸有了改變，還陶醉於總算能做出抉擇的自己，結果，我依然是本性難移。

做了約定，就依照約定的順序履行。因為那是正當的做法，我便會遵守。

開始跟後藤小姐來往以後，我就對那種謹慎的心態，還有伴隨而來的膽小感到煩厭了……然而，我同樣沒有多大的改變。對於改變本身為人之道這件事，我無意識地變得謹慎。

『吉田先生……你也要改變啊！』

沙優的吶喊再次於腦海重現。

人會改變。看人改變以後，自己也會改變。明明不可能只有自己一直留在原位……我卻無法予以認同而走到了這一步。

豈知向我點出這項事實的人，卻是幾年前被我當「小鬼頭」對待的沙優。竟有這麼丟臉的事。

而且……後藤小姐肯定也慢慢有了改變。

證據在於，她「專程來跟我相聚了」。我想……自己在內心的某個地方，一直都認為她並不會主動來跟我相聚。

後藤小姐突然出現，被她看見自己跟沙優在一起……首先，我對她來跟我相聚一事感到詫異，然後……心裡便覺得「為什麼偏偏挑這個時機」。

並沒有什麼時不時機。雖然我不知道後藤小姐想了些什麼……即使如此，我認為她是想見我，才來跟我相聚的。

面對那樣的她……我又因為「做不出抉擇」而傷害了她。

我不能永遠停留在原地。非得改變才行。我強烈地這麼認為。

跑過住宅區，來到通往車站的大街，我總算發現了自己在找的背影。

「後藤小姐！」

我喊道。而後藤小姐回過頭，訝異似的瞪圓了眼睛。

我用全力趕到她身邊，並且抓住她的手臂。

「吉田……為什麼……！」

「要問為什麼的是我耶……妳怎麼回來東京了？」

原本我打算一開口就先道歉……不知怎地，卻衝口說出了這種話。

「可是，沙優跟你……」

後藤小姐的目光強烈地閃爍著。她不肯跟我對上眼。

「沙優也剛好要回去啊。」

「但是、但是……你們兩個從家裡走出來……」

她講的話不得要領。然而……我總還是知道她在擔心什麼。

「沙優說她想在最後重溫回憶，我才帶她來的。我們當然沒有亂來……而且，我也對沙優表明心意了。」

我說的話讓後藤小姐倒抽了一口氣。由於我避免用「把她甩掉了」這種說法，可以曉得那又造成了誤解。

「……我向沙優表明，自己是不能跟她交往的。」

後藤小姐從喉嚨吐了氣。接著，淚水在她的眼角盈現。

「我還以為……你跟她有了特別的關係……」

聽到她這句話，我清楚地意識到胸口一陣疼痛。

不知道為什麼，明明有許多想說的話、該說的話才對，我卻把那些全都擱到一邊，講出了其他的話。

「假如妳那麼想，就不要逃跑，來問我不就好了嗎？」

結果，後藤小姐根本就不信任我。她在腦裡做出所有結論，連真相都不願意探究，還直接逃走。

那些舉動讓我非常惱火……但是我明白，那一切也都形同於對自己的憤怒。

「……我怎麼可能問得出口？」

後藤小姐低聲說道。

「為什麼呢？」

「那種事情，我不可能問得出口吧！」

後藤小姐扯開嗓門，跟著又膽怯似的屏了氣。

「畢竟，要是問了的話……」

後藤小姐忍著眼淚，並且說道：

「或許我們之間，真的就會結束啊……？」

「唉，夠了！」

我忍不出提高音量。

「後藤小姐，妳果然絲毫也不相信我。嘴巴上說著『希望自己能夠從所有選項裡被選中』，其實心裡某個地方卻篤定我會選沙優，只是妳害怕情況會在開始跟我交往後變成那樣，所以才做了保留，事情就是這樣對不對！」

「不對……我……！」

後藤小姐開了口有意回嘴，卻說不出接下來的話。

我發出嘆息。這也是為了讓自己冷靜。

我想說的，並不是這些話。我更沒有怪罪她的意思。

但是……當下，會在這個瞬間冒出來的話……其實就是我一直都想要告訴她的話。

而且，正是因為我過去沒能說出口，我們的關係才會執拗至今。

我，還有後藤小姐……拖到現在，都應該向對方道出真正的心聲才對。

「……結果，我們都是膽小的。」

一說出口，情緒便源源湧上。我似乎沒辦法精確定義那是什麼情緒。

「其實呢……我一直，一直一直一直！都對妳感到火大！」

我扯開嗓門，這讓後藤小姐詫異似的瞪圓了眼睛。

「在我一生難得一次的告白後隨口甩掉我，沒多久又一臉若無其事地告訴我『那是謊話』，明明說自己喜歡我，卻又故弄玄虛表示『現在不是交往的時候』！到最後還要求『雖然我想跟你交往，但是你要先顧好其他女生』！對我來說，全都莫名其妙。我覺得自己就像被人玩弄感情，一直都很煩躁。」

我不經思考地，將至今累積的情緒發洩出來。

「但是……我之所以沒有拒絕那些……到頭來，也是因為怕被妳討厭。就只是那樣而已。因為這麼孩子氣的理由……我就說不出口。」

後藤小姐一邊輕輕抿起下唇，一邊聽著我說的話。

為對方著想，以對方的心情為優先……用這樣的說法固然中聽，但是「不想被對方討厭」的情愫也占了不小的比重才對。我把自己追求「正當」的為人之道跟逃避結論的心態扯到了一塊。那使得我在泥沼中越陷越深。

「後藤小姐，妳那種『愛擺成熟風範』的習慣……從彼此開始深入往來以後，我就非常吃不消。但是……我也有一樣的習慣。我想，肯定是因為我們對彼此隱瞞著自己的真實心聲，才會進展得這麼不順利啊。」

我朝後藤小姐靠近一步，並且牽起她的手。

「差不多該請妳告訴我了。後藤小姐，實際上，妳是怎麼想的？妳希望我怎麼做？只要妳肯說，我……」

我望著後藤小姐的眼睛，她累積在眼角的淚水終究還是流了下來。然後，她垂著目光開了口。

「吉田……我想到你或許會被沙優搶走，就覺得害怕。害怕以後，心裡頭就不安，於是我一聲聯絡都沒有，便來到這裡了。」

「既然這樣，妳何必逃走呢？」

「對不起……我並不是不相信你。我相信不了的……是我自己。無論你怎麼費盡言語，我還是辦不到。我沒辦法想像，自己能跟喜歡的人修成正果。」

「後藤小姐。」

我又一次喚了後藤小姐的名字，她便戰戰兢兢地抬起臉，並且看向我。

「我呢……已經拿定主意了。」

我明確地說道，後藤小姐就默默點了點頭。

「我跟沙優去約會了。我是想要對自己跟沙優的關係，找出確切的答案。跟他約會很愉快，走在比以前更成熟的她旁邊，會讓我小鹿亂撞。」

我依序說出發自內心的言語。

「……不過，恍然之間，在我的腦海裡，還是閃過了妳的身影。無論跟沙優的約會再怎麼令人心動，後藤小姐，妳仍然時時存在於我的心裡。而且……即使我拚命設想跟沙優交往的情形……也始終無法想像自己會跟她接吻，或者身體交合。」

我加重力道握了後藤小姐的手。

「……即使離得那麼遠，我想的依然是妳。」

深深吸氣之後……我明確告訴對方。

「我喜歡的是妳……後藤小姐。」

後藤小姐的目光劇烈閃爍，接著，大顆淚珠就撲簌簌地滴落。

「……我一直，都有所保留。我害怕說錯什麼話，做錯什麼行為，會就此跟妳斷絕緣分。不過，從一開始，我就該任性地這麼告訴妳的。我應該無視妳那些說詞，一直求妳跟我交往才對的。我根本不該介意什麼約定，在京都就要把妳抱入懷裡才對。都是我沒能確實面對自己的感情……才導致了這一切。」

我這麼說道，使得後藤小姐猛搖頭。

「我也是……我都在害怕失去。我怕得到你的心以後，或許又會失去你，我好怕好怕……就一直在遲疑而不敢索求。我自以為變得積極了，結果卻是消極的。」

後藤小姐也用力握了我的手。接著，她用發抖的聲音繼續說道：

「分開以後，我才發現。什麼都沒有都獲得就失去，遠比獲得以後再失去，恐怖得更多更多。之前說你即使選了沙優，我也能接受，那根本就是逞強。」

後藤小姐發出嗚咽聲，流下淚水，也還是看著我的眼睛。然後，她說道：

「我希望你選我。其他事情已經都無所謂了。希望你……只看著我一個人。」

我深深地吸了氣……然後吐出。

能互相吐露，之前連自己都沒有察覺的這些心聲……總算才讓我覺得，我們的心意彼此相通。

「……妳終於肯這麼說了。」

「對不起……」

「不必道歉。」

後藤小姐有錯的話，那我也有一樣程度的錯。這是彼此都已經明白的事情。如旁人所說……我們的這段戀愛，實在是太過麻煩，而且笨拙。

我做出覺悟，當場彎了右腿下跪。後藤小姐變得目瞪口呆。

我牽起她的手說：

「請妳……以結婚為前提，跟我交往。」

我一說，後藤小姐就哭花了臉，並且點頭。

「……好的……我很樂意。」

就這樣……我跟後藤小姐……這段長達七年的戀愛，經過漫長過頭的迂迴曲折……

總算是修成了正果。

第16話 將來

「……我們現在，是在朝那座公園前進吧？」

走在旁邊的麻美顯得戰戰兢兢地朝我搭話。她還真是體恤我呢，我一邊這麼想……一邊平靜地點了點頭。

「嗯，我久違地想去看看。」

「呼嗯～……是喔。」

麻美帶著曖昧的表情點頭，然後噤了聲。

吉田先生跑掉以後，連我都自己都訝異的是……我立刻就聯絡了麻美。

『要不要現在見個面？』

如此發出訊息後，超快就顯示已讀，還接到了『我馬上去！』的回訊。我到了麻美家前面去接她，明明只是從家門出來的麻美卻在喘氣，她肯定連自己房間到玄關這段路都用跑的吧，真令人欣慰。

默默地並肩走了一陣子以後，麻美像是按捺不住地朝我問道：

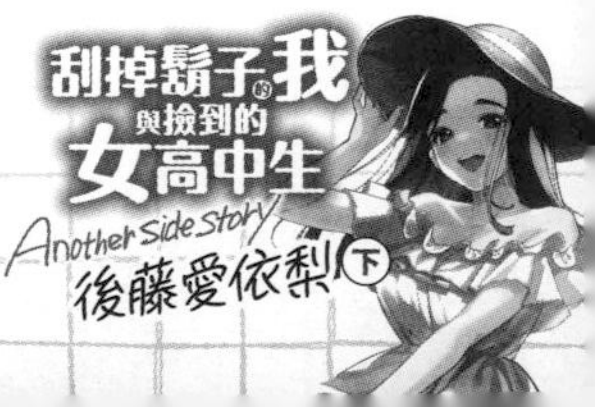

「呃……那個……妳跟吉田先生的約會呢……？」

麻美問得吞吞吐吐。而我嘻嘻地笑著回答：

「已經結束了喔。所以我才找妳出來啊。謝謝妳立刻就到。」

「唔、唔嗯……那倒是完全不要緊啦……呃……」

「我被甩了喔。」

我爽快說道，麻美將眼睛睜得圓圓地看著我，然後有些尷尬地垂下了目光。

「是喔……妳努力過了。」

「嗯。謝謝。」

沉默再次降臨。

我們來到了通往山丘上公園的坡道。

「總覺得……妳是不是比想像中還要淡定？」

麻美帶著笨拙的笑臉問我。

「嗯。畢竟我就是心情淡定啊。」

面對我的答覆，麻美用略顯發抖的聲音回應：「呼嗯～……」然後又尷尬似的沉默下來。

因為她實在太靜不下心，我倒覺得，自己是不是要表現得再難過一點會比較好呢？

然而……那樣未免太虛偽，因此我還是覺得保持自然。

我們倆並肩爬上有點陡的坡道以後，能清楚聽見彼此在喘氣。有草木隨著風窸窣搖擺的聲音，腳步聲，還有我們呼吸的聲音。那聽起來格外大聲，讓我覺得沉默無言也不壞。

爬完坡道，就抵達與那時候別無不同的高台公園了。在坡道途中都是被群樹圍繞，從那裡一抵達公園，視野就會豁然開朗，這是我很喜歡的一點。

我高高興興地走到草坪，並且當場躺下來。

「啊～！妳那麼精心打扮還躺在草坪上！」

麻美急忙湊過來。好久沒聽到她最真的嗓音，我有點高興。

「沒關係沒關係。我現在就是想躺下來嘛！這樣的心情比較重要。」

我一說，麻美也點頭附和「是喔」，並且理所當然似的躺到了我旁邊。

兩個人一起仰望星空，會讓我想起那個時候而有懷念的心情。跟她兩個人討論內心深處的感情時，我覺得好像都是在這裡。

「啊～啊！」

我大聲感嘆，可以曉得麻美就把視線轉向了我的臉龐。

「結束了耶……我的戀愛。」

「沙優妹仔……」

「不過，我早就知道會這樣了。感覺比想像中還要舒暢。」

這不是謊話。目前，我的心情如字面所述，是「舒暢」的。

我並不是沒有難受的感覺。我在北海道有多麼想念吉田先生，除了我以外的人應該無從理解吧。到學校跟班上男生講話時，腦海裡浮現的也是吉田先生的臉。能努力準備晚了一年的大學考試，當然也是為了夢想，不過想跟吉田先生再次見面算是一大因素。看愛情片要是出現色色情節，我也會想像自己被吉田先生親吻擁抱的情景而小鹿亂撞。因為我沒有跟喜歡的人做過那種事。基本上，第一次讓我懷有戀愛感情的人也是吉田先生……奇怪，心情好像有點哀傷起來了耶。

總之，我待在北海道這段期間，相較於住吉田先生家裡的時候，變得對他更加愛慕了。不過……我也花費差不多長的時間，做好了心理準備。

我曉得，吉田先生喜歡的是後藤小姐。而且，我也知道他一旦喜歡上某個人，根本就不會移情別戀。因為我也覺得自己就是喜歡他那種性格。

所以……我想自己會回東京，肯定是來做「清算」的。

「我說啊……妳在我面前，是不必逞強的喔？別硬撐啦……」

麻美含蓄地說，因此我忍不住嘻嘻笑了出來。

「意思是我可以哭？」

「假如妳想哭的話啦。」

「我不會哭喔。雖然難受……但這並不是哀傷的事情。」

我說的話，讓麻美狀似驚訝地把嘴半張。

「吉田先生救了我，改變了我……對於那樣的他，我感到憧憬。戀愛這種事，對我來說是第一次。不過呢……那全都是我自己的事。」

我這麼說道，麻美就反駁般地開口：

「要說的話，每個人戀愛都是那樣的啊。並不會向誰徵得許可才喜歡人。」

「嗯。就是啊……不過，畢竟我在東京認識的人們……全都是『成熟』的人。」

我說著便瞇起眼睛。提到「成熟的人」的時候，我心裡真的浮現了許多人的面孔。

「所以……我也希望那些人能夠孩子氣一點……只顧朝自己想要的東西伸手。假如那樣能獲得幸福，我會希望他們毫不猶豫地去掌握。」

「沙優妹仔……妳覺得那樣就好嗎？」

「嗯……誰教。」

我把話截在這裡，然後一邊細細地體會，一邊回答：

「是那些人改變了我。因為那些人改變了，我才察覺到。」

「察覺什麼？」

麻美用平靜的語氣問我。這種時候的她，真的很擅於聆聽。

我點點頭，然後回答：

「索求與失去，是相伴相依的。我從小就一直避免索求些什麼。我知道自己並不受媽媽期待，所以，至少要避免讓她失望。不過呢，我在高中才總算認識了『朋友』……於是，我第一次有了索求的念頭。索求，而後失去。於是我發現，自己一直都在失去。從那之後，我變得會害怕失去。其實我明明有更多想要的東西，卻在獲得前就害怕自己會失去。然後，就一路淪落了。」

麻美將視線投注在我的臉龐。即使不看那邊我也瞭如指掌，她正露出惆悵的臉。

「是吉田先生……還有他身邊的人，改變了那樣的我。是他們教會了我，讓我知道自己可以多索求的。或許在失去之後，便會發現自己真正想要的東西，是他們讓我如此改觀的。自己既可以索求，也不怕失去，我總算有了這樣的觀念。所以……」

我閉上眼睛，並且緩緩呼吸。果然，我可以強烈感受到，這股意念是存在我心裡的。意念正按照其形體，逐漸轉換成言語。

「我希望讓幫助我領悟的人，也有所改變。那麼一來……我肯定就可以毫不後悔地往前進了。」

我如此斷言之後，麻美就「唉～」地嘆了氣。這次換成我望向麻美的臉龐。麻美正望著星空苦笑。

「沙優妹仔……妳變得太堅強了啦。正常來想，失戀後是沒辦法那麼鎮定的。」

「我說過，我已經有覺悟了啊。就只是這樣而已。再說麻美，妳還不是一樣……」

我在想，差不多可以說破了吧。想要小小使壞的心態，還有想要讓麻美吐實的心態各半。

麻美慌張似的看向我。

「咦，什麼意思？」

「嗯～？我是說，麻美妳還不是一樣。」

「暫停！妳別再繼續說了喔！」

「呵呵……妳在我面前『裝得滿成熟』的嘛？」

麻美聽出我的言外之意，於是變得橫眉豎目。

「唉唷！妳個性好惡劣！」

「討厭嗎？」

「喜歡。」

我嘻嘻取笑，使得麻美一面擺著苦瓜臉，一面也忍不住笑了出來。我又明確地向她

問道：

「麻美，所以妳也覺得這樣好嗎？不表明心意。」

「……不用啦。老實說，我自己也搞不太懂。以往我又沒有戀愛過。」

「……真的？」

「我說不用就不用！雖然感覺也有點複雜，但是比起我自己，妳被甩掉更讓我受到打擊啊。」

「好溫柔喔～」

「夠了，不提那個啦！重要的是妳接下來打算怎麼辦？」

麻美轉移話題似的這麼說。然後，她像是在聊祕密一樣地把身體朝我貼過來，並且壓低聲音。

「我是說將來……！之後妳打算做什麼，我超好奇的。」

「唔嗯～……這個嘛。」

將來的工作，我已經決定了。雖然還不曉得能不能從事那一行，不過，我已經為此開始做準備了。

「算是祕密吧。」

「咦～！為什麼啦！」

在閃爍的眾星底下，我們雀躍地把身體湊在一起，聊到了未來。

能像這樣雀躍地討論未來的事，感覺一切都多虧了包含吉田先生與麻美在內的東京眾人，還有大哥……及母親，沙優是這麼想的。

儘管戀愛結束了，失去了一項東西，又能再索求新的東西。

如同吉田先生曾經說過的……只要活下去，也許就會喜歡上新的對象。雖然目前還完全無法想像，那肯定也是有希望的吧。

即使真的變成了那樣……等我找到工作，有模有樣地獨立以後，應該還會想讓吉田先生看看那樣的我。

對我來說，吉田先生是恩人……也是像父母一樣的人……更是初戀的對象。或許過幾年以後，他又會成為對自己有不同意義的人。

那對吉田先生來說，肯定也是一樣的……人與人之間的歷史，就是像這樣逐漸形成的。

我正在朝未來前進。所以……根本沒有什麼好哭的。

明明會覺得心痛，在那當中，卻有程度相等的充實感。

那種感覺十分不可思議，我便只顧著跟麻美一邊對話，一邊歡笑。

終章　—序章—

「然後呢，她現在就變成都在擔心：『自己真的能結婚嗎？結了婚以後不要緊嗎？』欸，她真的自以為沒有秀恩愛耶？還擺著由衷不安的臉色。誰受得了啊，說真的。」

「前輩，最近都聽妳在發後藤小姐的牢騷，我才真的受不了。實際上妳們不會是在交往吧？拜託別在公司裡搞外遇喔。」

「不要開這種玩笑。就算我男女通吃，對象是那個女的就免談。」

「呵。」

「哇，妳這是性格惡劣的笑法。」

星期五，下班離開公司以後，我就直接跟神田小姐來居酒屋了。跟她出來喝酒已經變成定期的活動，而且我很中意這樣的時間。

目前，神田小姐從吉田前輩那裡接手了一項原本由他管理的專案，形式上已經變成專案主持者，似乎還挺忙的。

至於我則是在完全新成立的專案擔任監督——換句話說，就是陪專案主持者商量的角色——而且也兼任其他專案的主持者。開始認真工作的這幾年，我在公司裡的職掌也增加了不少。或許，我意外地還滿優秀的。

「唉～之前他們談那種跟中學生一樣的戀愛談那麼久，沒想到修成正果以後一下子就敲定同居，然後還訂了婚約。真是。」

「很羨慕對不對？」

「就是啊。話說三島，妳都一副無關己事的臉，難道就不會懊惱？」

「妳以為我被甩掉之後已經過了多久啊？早就放下了啦。」

「新戀情呢？」

突然被這麼問，我舉杯喝起威士忌蘇打。最近總覺得威士忌蘇打變得比甜味重的酒更合我喜好。大概是常一起喝酒的同事將威士忌癮傳染給我的。

「沒有耶。」

「記得不是有個年紀小的男生黏上妳了？就那個嘛，跟妳在咖啡廳認識的？還喜歡看電影的？」

被她一說，我不禁苦笑。

被吉田前輩甩掉以後，我隨即認識了一名青年。結果不管我跟吉田前輩的戀愛是能

繼續談還是告吹，「離我最近的電影院」依舊是在離吉田前輩家最近的車站，因此我要看電影時一定會去那裡。當我一個人去看完電影，在之前那間咖啡廳沉浸於餘韻時，就跟那名青年再次相遇了。而且據說還碰巧是剛看完同一部電影。

我們聊了電影的感想，被問到聯絡方式便互相交換，後來就變得不時會相約一起去看電影。只不過……以現況來說，我並沒有把他當戀愛對象看待。

「如妳所說，就只是被他黏上而已。年紀小的男生讓我覺得有點……該怎麼說呢？沒辦法當成戀愛的對象看待吧。」

「唔哇……妳講話跟吉田一樣嘛。」

「請不要拿我們相提並論！年齡差距根本不一樣吧！」

我的語氣衝得只差沒咬人，神田小姐卻樂歪似的哈哈大笑。神田小姐的豪爽效法，我是相當喜歡的。聽了能讓人跟著開心。

仔細想想，我跟她的關係也很不可思議。

喜歡上吉田前輩以後，照理說，明明後藤小姐對於後來出現在公司，還跟吉田前輩莫名親暱的神田小姐也敵視過才對。

時光於戚戚間流逝，在那樣的過程中，我被吉田前輩甩了，還被後藤小姐的感情事牽連，回神以後就跟後藤小姐與神田小姐都有了交情。起初後藤小姐與神田小姐加上我三個人的酒聚較多，後來我跟神田小姐一對一出來喝酒的情形也慢慢變多了。至於理由嘛……後藤小姐跟吉田前輩變成一對之後，邀她就不太方便。

這一切，都是我愛上吉田前輩時無法想像的事情。

而且……我心裡對吉田前輩的感情，也緩緩地有了改變。

「感覺真奇怪耶。」

我感慨地嘀咕。

「哪裡怪？」

「唉～……被吉田前輩甩掉，時間一久，我看到的就盡是他令人不爽的地方。呃，雖然我從喜歡他的時候就覺得不爽了。」

我說的這些，讓神田小姐忍俊不住地點了點頭。

「談感情不就是這樣？」

「為什麼之前會喜歡上那樣的人呢～我偶爾會覺得納悶。不過……那時候，原本在當時喜歡那個人的心動感，我到現在還是能鮮明地回想起來耶。感覺好不可思議。」

「……我懂。」

神田小姐也狀似有些感傷地說。

「假如我今後有了喜歡的男人，還認真愛上對方，並且結婚……即使如此，將來我

還是會在驀然間想起過去的感情吧。」

聽了她這些話，我也鄭重地點頭。

目前，光工作就忙不過來了。既沒有邂逅的機會，神田小姐提的「年紀小的青年」，我又無法當成戀愛對象考慮。坦白講，也沒有將來會發展成那樣的預感。

不過，假如我今後喜歡上某個人，還跟對方修成正果……即使我自問能否將過去的戀情全部忘記……我想答案仍然是ＮＯ。

走過的路途，會明確地銘記於心。我自願……留下了深深的足跡。對此，我是感到驕傲的。

「哎，到時候我會嘲笑一番啦。」

我一說，神田小姐就微微偏了頭。

「笑什麼？」

「笑吉田前輩，還有愛過吉田前輩的自己。怎樣，我獲得幸福了喔？就這麼告訴他們。」

我咧嘴笑著這麼說，神田小姐先是愣了幾秒，然後就噗哧笑出來了。

「不錯耶。我也比照辦理好了。」

「就這麼辦嘍。」

我們倆朝彼此嘻嘻笑了笑，並且像講好似的舉杯一飲而盡。

「唉～不知道他們會不會辦結婚典禮。希望別辦耶。我又不想出席。」

「啊哈哈，妳這話糟透了。」

日常生活仍會持續。將原本確實有過的感情，拋諸在後。

不過，既然能將「確實有過」的事實，留在內心的某個角落，或許那樣也就夠了。

我如此心想。

「目前呢，我正在進行實習體驗。」

沙優一面在旁邊盪著鞦韆，一面突然說道。

「咦……實習？妳才念大學一年級吧？」

「嗯。因為有在徵人，我明知沒希望還是衝了，結果對方似乎看上了我的熱忱。」

「……妳真厲害耶，沙優。」

「呵呵，是吧。」

沙優一邊開心地笑著，一邊繼續盪鞦韆。

她依然不肯跟我談自己的夢想。

然而，偶爾捎來「想見個面」的聯絡之後，儘管關鍵的部分都打馬虎眼，她還是會把自己朝夢想邁進的過程告訴我……因此，我覺得目前這樣就夠了。光是能聽到那些，跟沙優交談的時間就讓我鍾愛不已。

「還有，麻美好像也報名了小說大賞喔。」

「啊，我也聽說了。希望她能得獎。」

「麻美沒問題的啦。她不只是想創作，實際上也一路創作下來了，還為此不停地在努力。」

「是啊……妳說得對。」

閱讀麻美寫好的小說時，至今我仍記得有多感動。

而且……從正在努力這一點來說，沙優也一樣。

「雖然我不知道妳是以什麼為目標……不過沙優，妳肯定行的。」

我嘀咕以後，沙優就訝異似的看了過來。

「明明我連業種都沒有提過！」

「跟那無關。無論是要做什麼，我覺得妳都辦得到……畢竟從妳重拾自己的人生，還為了未來一步一步地前進，我都一直看在眼裡。」

我回味似的這麼說，沙優就羞赧地笑著答話了。

「是喔……能聽你那麼說，我好高興。」

沙優克服過來了。儘管她一度逃避，卻又鼓起了勇氣從那裡再次站起……這一次，她肯定會朝著未來邁進。

她主動談到未來的事，真的很讓我欣慰。

「因為我的學歷不上不下嘛。老實說，即使照常讀大學，從事就職活動……照這種流程，我覺得要到自己想去的業界還是有困難。」

沙優一副悠哉地盪著鞦韆，從口中冒出的卻是嚴苛話語。

「所以妳才要實習？」

「對！雖然幾乎跟打工一樣，總之光是能擠進想要的業種就算前進一大步了。接著我打算就這樣深入了解該行業，然後把實習的經驗當成優勢。」

「妳肯定行的。」

「啊哈哈，老套。」

「因為我就只有這樣的感覺。」

沙優對我說的話打哈哈，但我始終不改「這並非玩笑」的態度，她就害羞地笑了。

「……嗯，謝謝你。」

沙優難為情似的這麼說，然後沙沙作響地將腳底踏在沙礫上，停住了鞦韆。

「吉田先生呢？」

「嗯？」

「今後，你有什麼規劃？」

「……嗯～沒有什麼值得一說的規劃耶。做工作，然後活下去。」

「咦～就這樣而已嗎？」

沙優噘起嘴唇擺出不滿的臉色。即使她擺那種臉，我也沒有其他的答案。即使沙優問的是我跟女友的「將來」……那也不是我在這裡能夠一個人提出答覆的。

「我就是這樣的人啊。不過，讓我想想……」

我仰望天空……然後思考了半餉。

接著，我想出了單純的字句，便重新轉向沙優那邊。

「……只有最要緊的事，我已經決定好了。」

聽我這麼說，沙優就欣慰似的笑了。

「……這樣啊。」

「是啊……雖然說，真的花了許多時間。」

「對呀。你們彼此，都花了時間。」

「是妳改變了我們。」

「嗯，我曉得。吉田先生，你也改變了我。」

沙優從鞦韆起身，站到我面前。

「雖然之前我也說過……再一次就好，我要說嘍？」

「嗯？」

沙優露出了憨笑……然後，低吟似的說道：

「能遇見你，實在太好了。」

感覺眼睛深處熱了起來。我硬是把那忍住，並且點頭。

「是啊……我也一樣。能遇見妳實在太好了。」

沙優難為情似的將身體扭來扭去，隨後就張開雙手，並且告訴我：

「要幸福喔。」

「好啊，妳也一樣。」

「那是當然嘍，不用說！」

她踏著輕快的腳步離開鞦韆，然後跑到公園出口。接著，朝我這邊回過頭，揮了揮手。

「那麼，再見嘍！」

再見嘍——這句話，讓我有種無比懷念的感覺。

「再見。」

我揮手回應，沙優便挺直背脊走去。

我一直凝望那道背影，直到看不見為止。

「啊………」

原本忍住的淚水，從眼睛滴落。大概是有了年紀，變得容易掉淚，這不好。

已經不要緊了。沙優不需要我。

看著沙優的背影，不知怎地，比起她平安回去北海道的時候，我更加強烈地這麼認為。

而且……那一點，讓我欣慰得難以置信。

從沙優出現在活得無所用心的我面前以後，感覺世界就變化得讓人眼花撩亂。配合世界的變化，我覺得自己好像也跟著改變了。

可是……結果我並不是獨立改變的。透過與他人來往，我逐漸有了改變。

而且在那當中，讓我改變得最多的人，肯定是沙優。

無論經過多久的時間，我都不會忘記這段邂逅。

我肯定……會一再回顧那段日子。回顧一直都不曾改變的自己，就此獲得了契機而產生改變的那段日子。每當發生類似的事情，每當遭遇類似的決斷。或者說，甚至連別無狀況的時候，我也會想起。

等各自的歷史有了累積，將來若有一天，我又回憶起彼此一同走過的短暫時光……

那肯定會是很美好的事。

「……那麼，該走嘍。」

嘀咕後，我從鞦韆站起身，緩緩地走出公園。

驀然朝沙優走掉的方向看去。路的前方，沒有任何人。

呵——我獨自微笑，並且走在通往自己家的路。

當我沉浸於感慨的心情裡走路時，很快就抵達了自己住的公寓前。

公寓前面，停了一輛Hiace小貨車。而且，駕駛席上坐著橋本。

察覺我走來，橋本從車窗探頭。

「事情辦完了嗎～？」

「是啊，辦完了。抱歉讓你等我。」

「哎，吉田，反正我今天已經為你空了一天出來。重要的是，後藤小姐在上面等著喔。」

我朝著這麼說的橋本點頭。

「稍等一會。我們會一起下來。」

「ＯＫ。」

橋本把頭縮回窗裡，然後將視線落在手裡拿的手機。

我用較急的腳步爬上公寓階梯。

來到我房間所在的樓層，靠著走廊護牆的愛依梨就朝我揮了揮手。

「你回來了。再悠閒地多聊一會兒也是可以喔？」

「哎，不用，跟她講話總是很快就了事。聽她分享目前在忙什麼，完畢。」

「這樣啊。她過得好嗎？」

「好啊，很積極地在奮鬥。」

「太好了。」

「不說那些了，妳明明可以在裡面等啊。」

我一說，愛依梨就氣悶地當場噘起嘴唇了。

「裡面跟外面差不了多少啊。東西都已經搬上車了。」

「那倒也是。謝啦。」

「幾乎都是橋本代勞的。之後要記得謝謝他喔。」

「好。」

搬家的準備大致結束，只剩將幾個紙箱搬上車……忙到這個階段，沙優就發了聯絡過來，因此我暫且把現場交給橋本與愛依梨，自己跑去公園。剩下的東西好像都讓他們幫忙搬完了。

我朝著房門望了一陣……然後轉向愛依梨。

「不好意思，能不能再等我幾分鐘？」

愛依梨看到我的模樣，大概就有所領會了，她帶著「拿你沒辦法」的表情笑著點了點頭。

「請便，慢慢來。」

「謝謝。立刻就好。」

我匆匆打開玄關，走進房間裡。

接著……我猛然吸了口氣。

真的……什麼都沒有了。原來，這個房間是這麼地寬敞啊。

脫下鞋，緩緩走過不長的走廊。望向廚房，打開廁所的門端詳，走進位於客廳前的盥洗間，別無用意地打開浴室的門看看裡面……

然後，我盤腿坐到了什麼都沒有的客廳正中央。

成為社會人之後，我一直在這個房間生活。

埋首於工作，幾乎只有「為了睡覺」而回家的那五年。

遇見沙優，跟她一起度過的那半年。

沙優離開後，我又回到獨居生活……總算重新審視了自己人生的那兩年。

明明轉眼間就過去了，回想起來，我卻覺得像是長久無比的歲月。

過去……我一直待在這裡。

然後，今天……我又要到別的地方。

我緩緩起身，端正姿勢……並且低了頭行禮。

「受您照顧了。」

「……好。」

抬起頭，然後深呼吸。

我發出急促腳步聲走過走廊，匆匆穿了鞋子。

打開門，只見愛依梨慵懶地靠著走廊護欄。因為她在開門的瞬間急忙站直，我不禁笑了出來。

「比妳想像中還快？」

「對、對呀……我還以為你會充分沉浸在回憶裡……」

愛依梨害臊似的這麼回答。即使交往後已經過了滿長期間，她似乎還是討厭被看見自己懶散的模樣。

「已經結束了。我想趕快去新家。」

「也對。我好期待。」

愛依梨純真無邪地笑了。

「終於可以跟你住在一起。」

「我很期待。」

我點了點頭，從口袋裡拿出房間鑰匙。

我朝著那望了一陣子，彷彿要確認手感，還用拇指輕撫表面。

離開這裡，到新的地方。

肯定又會發生意想不到的事情，讓我手忙腳亂吧。應該也會結識新的一些人，為了要怎麼來往而煩惱吧。

然而……我並無不安。

只要發生些什麼，遇見了什麼人。自己必然會有所變化。而且那樣的變化將改變些什麼，也會改變他人。

我想所謂的人生，大致上就是接連不斷地面對這種事。住在這個房間的漫長時間，教了我這個道理。

將鑰匙插進門裡，手上便感受到金屬之間摩擦的抵抗力。

緩緩轉動鑰匙，衝擊輕快地傳到手臂，發出「喀嚓」的聲音。

那聲音……格外明確地，留在我的耳底。

（完）

後記

我從以前，就是個常常對他人產生「你說的跟做的完全不一樣嘛」這種想法的人。

而且，我也同樣被父母罵過「你說的跟做的不一樣」。實際上，我就是個說的與做的有著相當大差距的人。而且，我連那樣的自覺都沒有。

成長到某個程度，開始讀專科學校以後，我在分組報告之類的場合，便陸續遇到了說過會做作業卻完全沒做的人而困擾……不過，當時人表明「會做」的那個時候，大概就是真的有拚勁的吧，我變得會這麼想了。

到了現在，我會認為「說的與做的不同，這就是人類。」

吉田與後藤，都是勉強想將自己的所言所行統一，然後在行動與內心間產生矛盾而受苦的人。如此的兩個人談起戀愛相當笨拙，坦白說，我寫得非常生厭。與其說是編了有趣的故事，感覺更像看著兩個不肯照我意思行動的人。那是種十分不可思議的感覺，關於這篇故事最後要怎麼收尾，我也跟編輯討論過好幾次——真的是一次又一次，時間漫長——儘管如此，卻在心裡相當沒有底的狀態下進入了執筆作業。有好幾次我都一邊心想：「這篇故事真的有趣嗎？」一邊陷入痛苦的心境。

不過……到了現在，我覺得這樣就好。

好比吉田與沙優的故事結束於正篇第五集。好比三島的戀愛結束於三島外傳。吉田與後藤的戀愛，我也希望讓他們有個確切的了斷。

為此，比起「以故事而言有不有趣」，優先呈現「這是不是他們兩個的結論」更顯得重要。而且不可思議的是，探究到最後，我覺得就成了有趣的故事。

這恐怕是我最後一次寫吉田的故事……不過，對我來說，至今我仍認為他真的是個令人煩躁、相當討厭、無法產生共鳴的人。但即使如此，我仍希望他經歷過各種邂逅，能進而在將來的邂逅當中，開拓出自己的人生。

以吉田為首，我遇見了在這篇故事登場的角色們，因而得以思考許多事情……如果各位讀者也一樣能從吉田他們身上獲得某種刺激，對我來說就是最高興的事。

接下來是謝詞。

K編輯不僅再三陪我討論……還肯耐心參與比平時更花時間的撰寫製作過程，在此由衷感謝您。如果沒有您的協助，我認為下集真的不會完成。

百忙中撥冗繪製插圖的ぶーた老師，感謝您。有老師的插圖才有這部作品。能請您繪製插圖直到最後，讓我由衷感到幸福。

還有，肯定比我更認真閱讀正文的校稿人員——校稿期間變得相當吃緊，萬分抱歉——以及所有參與本書出版的相關人士，請讓我向你們致上由衷的謝意。感謝大家。

最後，一路下來願意將後藤篇下集拿到手裡的各位讀者。真的感謝你們。關於他們做出的決斷，我認為當中會有許多想法……不過，那一切對我來說都會成為寶物。如果對各位來說也是如此，那就相當令人欣慰了。

得以各位陪伴本作到最後，真的萬分感謝！

那麼，有緣請讓我們在他處再次相會吧。

しめさば

青春與惡魔 1~2 待續

作者：池田明季哉　插畫：ゆーFOU

Kadokawa Fantastic Novels

倘若懷抱絕對無法實現的願望……
真的還有辦法驅除惡魔嗎？

某天，突然不來學校上課的三雨向有葉商量起心事。當她脫掉帽子後，蹦出來的——竟是一對長長的兔子耳朵？為了驅除附身在三雨身上的惡魔，有葉與她一同行動，並得知她藏在心底的心意。與此同時，衣緒花和有葉之間也產生了若有似無的隔閡——

各 NT$220~240/HK$73~80

身為VTuber的我因為忘記關台而成了傳說 1~6 待續

Kadokawa Fantastic Novels

作者：七斗七　插畫：塩かずのこ

衝擊的VTuber喜劇，
傳說與傳說硬碰硬的第六集！

在「三期生一週年又一個月紀念直播」完美落幕後，傳說級的VTuber「星乃瑪娜」居然邀請淡雪參加她的畢業直播！眼見要與尊敬的Ｖ進行合作，淡雪在感到緊張之餘也決定全力以赴。在這段過程中，淡雪因為微不足道的契機而面對起自己的「家人」——

各 **NT$200~220/HK$67~73**

世界啊，臣服在我的烈焰之下吧 1 待續

Kadokawa Fantastic Novels

作者：すめらぎひよこ　插畫：Mika Pikazo、mocha

「你是壞人嗎？是的話就能放心燒掉了！」
最強爆焰少女來襲——把髒東西給燒毀吧！

睽違百年的魔王復活，惡人四處作亂。為導正動亂的人世，焰與同樣奇怪的女高中生們被召集到異世界，世界的命運被交至少女們手上——放火燒光才是正義！燒成灰燼教人狂喜！以壓倒性火力壓制世界的遺憾系美少女將會如何？最強爆焰少女的異世界喜劇！

NT$220/HK$73

7
你喜歡的不是女兒而是我!?
nozomi kota
望公太
插畫／ぎうにう
giuniu
Musume janakute Mama ga sukinano!?
Kadokawa Fantastic Novels

在地鐵拯救美少女後默默離去的我，成了舉國知名的英雄。1~2 待續

Kadokawa Fantastic Novels

作者：水戸前カルヤ　插畫：ひげ猫

濫好人英雄的學園戀愛喜劇，愛情發展也很火熱的運動會篇揭開序幕！

雛海不知道自己的救命恩人正是涼，就這樣與他慢慢地加深感情。而時值眾人正在準備與他校聯合舉辦的運動會，名叫草柳的男人突然現身表示：「那天的英雄就是我。」得知草柳以恩人之姿積極接近雛海的卑劣目的後，涼為了保護她而在背地裡展開行動……

各 **NT$260/HK$87**

轉生為故事的黑幕~以進化魔劍和遊戲知識傲視群倫~ 1~2 待續

Kadokawa Fantastic Novels

作者：結城涼　插畫：なかむら

「我的劍就是為了這種時候存在的。所以──」
連的故事，又有了重大的變化──！

和聖女莉希亞與其父克勞賽爾男爵談過之後，連決定暫時留在男爵宅邸，一邊處理男爵家的工作，同時一邊在公會當冒險者發揮本領。而為了協助男爵家，他在莉希亞的目送下前往某處，邂逅了一位意料之外的少女。她和掌握故事重要關鍵的人物有關……？

各 **NT$260~300/HK$87~100**

國家圖書館出版品預行編目資料

刮掉鬍子的我與撿到的女高中生Another side story後藤愛依梨/しめさば作；鄭人彥譯. -- 初版. -- 臺北市：臺灣角川股份有限公司, 2024.04
冊；　公分
譯自：ひげを剃る。そして女子高生を拾う。Another side story後藤愛依梨
ISBN 978-626-378-761-2(下冊：平裝)

861.57　　113001894

Kadokawa
Fantastic
Novels

刮掉鬍子的我與撿到的女高中生 Another side story 後藤愛依梨 下

（原著名：ひげを剃る。そして女子高生を拾う。 Another side story 後藤愛依梨 下）

2024年4月24日 初版第1刷發行

作　者：しめさば
插　畫：ぶーた
譯　者：鄭人彥

發行人：台灣角川股份有限公司
總　監：呂慧君
總編輯：蔡佩芬
主　編：林秀儒
編　輯：邱瓅萱
設計指導：陳晞叡
美術設計：宋芳茹
印　務：李明修（主任）、張加恩（主任）、張凱棋

發 行 所：台灣角川股份有限公司
地　　址：104台北市中山區松江路223號3樓
電　　話：（02）2515-3000
傳　　真：（02）2515-0033
網　　址：www.kadokawa.com.tw
劃撥帳戶：台灣角川股份有限公司
劃撥帳號：19487412
法律顧問：有澤法律事務所
製　　版：巨茂科技印刷有限公司
ＩＳＢＮ：978-626-378-761-2
